会いに行って

静流藤娘紀行

笙野頼子

講談社

会いに行って——静流藤娘紀行❖目次

会いに行って

会いに行った――資料

会いに行って

1　これから私の師匠説を書く

今から、ある天才の引用をちりばめた小説を書く。私はまず畏怖とともにひとりの最も尊敬すべき作家の引用をし、さらにその引用文を使って彼の文にすがって、自分なりの小説を書いてみようと思う。では引用する。

二十代の終わりころ、瀧井孝作氏を訪問すると二、三百枚の本郷松屋製の原稿用紙を私の前に置いて「これに小説を書いてみよ」と云われたことがあった。そして「小説というものは、自分のことをありのままに、少しも歪めず書けばそれでよい。嘘なんか必要ない」と云われた。私は有難いと思ったが、もちろん書かなかった。そのころの私には、書くべき「自分」などどこにもなかったから、書きようがなかったのである。

私はこれから私の「私小説」を書いてみたいと思う。

というわけで、……。

これからこの恐るべき文章に導かれて、私も私なりの小説を書いてみたい。作中、我が文学の師、師匠の生涯と彼の「私小説」について、追ってゆく予定である。さて、ここで造語して言う。今から書くものを私は、師匠説と呼ぶ。その上でこの、師匠説を書いてゆく。というのも師匠のような「私小説」を私は書けないから。そこで今回は彼に寄生して書く。

師匠説、それは要するに作家論にはとても足りない自説に過ぎないものだ。でも、自分の師匠について書いたフィクションにして、論説である。ちなみにそれはけして大きい説ではなく、小さい説ばかりを綴るのみならず、そのすべてが、自説、私説に過ぎない。要は私の師匠についての、私的すぎる小説。さらに正確に言えば私淑師匠小説、というべきものである。すべて限定だらけの世界である。ばかりではなく、何よりも私がこの師匠について、判っていないという事をこそ、今から、もがきながら書く。

そもそも私はこの師匠のことをなにもしらない。本当のところ、彼の弟子などとはとても言えない。つまりは私淑しているだけで実際に会ったのも生涯でただ一度、というか、二度目に会った時は、お骨になっていた。なのに今からここでわざわざ師匠とお呼びした上で話を始めている。

というかそのように呼ぶのも初めてである。しかし、師匠の事を尊敬という以上に畏怖しているからこそ、師匠とお呼びする。根本、私は彼にかなわないし生涯届かない。そして師匠は、勝手に言うけれど、志賀直哉門下においてもっとも私小説を極めた、この形式の領土を広げた、真に開拓した、小説家である。彼はそれによって中央集権的な構造を抜け、自分の愛する故郷を中心のない王国にし、自分の魂であるわが庭の池を、ひとつの宇宙にまでした。そういう傑出である、その作品の最頂点というべきものが、『田紳有楽』である。

この『田紳有楽』とは、一見奇想天外な、しかし実は目の前の物事を「ありのままに」書いた「私小説」である。彼はこの「身辺雑記」により私小説に永遠の生を与えた、それ故に志賀門下無二の出藍である、と今私は勝手に書く。

ただしいくら私が「身辺雑記」と記してもこの『田紳有楽』に関してはむろん絶対に納得しない人ばかりであろう。要するにこんな現実や日常があってたまるものかと、言われてしまいそうな激烈な内容だから。

師匠がなくなられてさらに、随分経ってから、私は大切な本としてこの『田紳有楽』の紹介を新聞に書いた。すでにそれから十年以上も経った。が、当然にこの傑作は生き残っていて、ある若い作家（というか木村友祐氏）が、私がすでにどこかになくしていたこの記事を最近、ネットにあげてくれ、さらなる紹介をしてくれていた。というわけで再会した自分の文章をここに引用する。まだ師匠を読んだことのない読者への紹介にする（ちなみにここは、自作引用なので行空きなしである）。

いつかはブラックホールにのみ込まれる大宇宙の片隅。そこに、浜名湖と原発と阿闍梨《あじゃり》ケ池がある。ひとつの家の庭にはユーカリと池。池にはいくつも茶碗《ちゃわん》が沈めてある。主人公は骨董《こっとう》を収集。安物を買ってきて池の泥、金魚の糞《ふん》等で汚し、「偽物」を「本物」に仕立てるのだ。家の来客は部屋に来てトイレの水洗に消える。その正体は茶碗。「本物」に化ける前にもう化けている。空を飛び、魚と番《つが》い、昔の自分の持ち主を殺しもする。家の主は少しも驚かない。だって、彼は「弥勒」だから。「妙見」がやって来る。音楽が始まる。鳥葬の世界の、人骨の笛。「オム　マ　ニバトメ　ホム」、「ペィーッ」。――嘘《うそ》は本当に、本当は嘘に。

そう、内容紹介、これでオッケーである。為念、「空を飛ぶ」の主語は茶碗である。は？　どこが日常かって？　空想ではないのかって？　ところがこれ、けして童話や普通の幻想小説ではないのである。徹底した厳密さの「私小説」と言える。但し御本人はでたらめをやるつもりであったもよう。だが、それは結局誠実な激烈な「でたらめ」でしかなかった。

という、……まさにこの、茶碗が空を飛ぶ「しかなかった」ぶりにおいてこそ師匠は、名匠にして天才という話なのだ。これは本当にあった事以上の心的真実を描いた、真の「私小説」。しかもその手段は、……。

彼にしかあり得ない、揺るぎなく正確無比な説得力のある、つまり私小説にしか見られないリアル・ザ文章、ちなみに師匠は文体という言葉が嫌いであった。文章と言っていた。

そう言えば大昔ただ一度だけ後藤明生さん（むろん「文体」の）にお目にかかった時、「誰が好き」と聞かれて「ししょうっ！」と答えたら気のせいかちょっと困っていた。というわけで、この『田紳有楽』の文章を、冒頭部から選んで引用する。それも正反対の視点で書かれた二箇所をである。最初はまず、現実的圧倒的自然描写、さらにそこを済ませた後、彼の、「自分なりの「私小説」」的幻想描写。

ちなみに本作中においてはこの一軒家の庭にあるユーカリと池が、すべてを表現し創出する。つまり幻と現、あるいは時と宇宙、外と魂をも、この木と池だけで（なお、故あって今はこの一連のユーカリ描写引用の中間部をわざと出さない、それは後段に）。

七月初めの蒸し暑い午後、昼寝を終えて外に出た。

（中略）ユーカリの花は九月すえ十月はじめ秋の入口に咲く。枝という枝の先きに、葉と同色の小人のトンガリ帽みたいな固い蕾が群がりつき、やがて淡黄に変わり、そして帽子の部分がすっぽり抜け落ちると、ちょうど鞘をはずした筆の穂先きのように圧迫され縮んでいた白色の雄蕊と、中心に突出する淡緑の雌蕊とが、露出し飜転して花弁の如くいっせいに開くのである。やがて雌蕊は羸弱し、綿毛となって間断なく高い梢から地上に舞い、池の表面をも閉ざす。反対にコップ状の萼は肥大しながらいったん濃緑に戻ったのち、徐々に腐蝕され乾いて、結局は黒胡麻のようになって散るのである。

　辞典を見るとユーカリはオーストラリア原産で春に花咲く常緑の巨木だと書いてある。だから日本の秋に咲くのか。雛の羽の抜け替わりのように、葉は暑くなればしきりに降り寒くなれば艶っぽい柔葉が光る。

　私はこれを、二十代で初読し、まずこんなの絶対に出来ないと思った。さらに、自分には絶対出来ない木の描写と、初めてそう書いたのが三十代後半、不幸にもそれは師匠の追悼文の中であった。要するにそこで、自分が六十になっても出来ないと書いた。そして実際、六十になったら、本当に出来なかった。師匠は木の生殖の素直さと細かさ、その清潔な発生から衰退、腐敗に至るまで植物の細部を目で貫いて語り、それで時間の経過をそのまま読み手の心にしみ込ませている。技巧というよりは天性と習練の力。そう、出来ない、私には出来ない！

彼、一見シンプルに、家にある自分で植えた木をひたすら見て、知っている見ている事ばかりを書く、が、そうは言ってもこの自在と緊張である。しかもこれ、小説の展開に必要な側面を取り出した自然描写なのだ。そこにあるのは彼の独自の世界を統率する、庭の池と木の関係性、さらに木を語りつつも時間を語って、そこから開いてゆく、異世界、もとい「私小説」世界への扉である。その結果、この小説では茶碗が空を飛びさらにはチベットも戦前も浄土も、すべての時空が、繋がってしまう。それを目の前のたった一本の木から始める事が出来る、という、彼の描写。

二十五の時にこれを読んで、……この三月私は六十三になった。その誕生日の朝に鏡を見たら、顎が垂れて首に繋がっていた。しかも寝起き、異様に薄くなった唇を食いしばっていて、瞼が全部腫れて紫になっていた（つまりここには書いていないある人的災難があった事もあって）。ちなみにこの年まで私は性交をしなかった。しかしそれについて、特に後悔はない。というか今では、自分と師匠の似ているのは、実はここだ、と信じている。

師匠はお子さんもいたけれど人間の性から遠くにいたと思う。家族愛は強くよい夫よい父であったけれども。

多くの人が指摘しているけれど師匠は男性の性欲に苦しんだ。というよりか性のある男体を憎んでいた。むろん人より強いので苦しんだというわけではない。

若いころ自分のペニスを切断しようとした、失敗したけれど一生傷が残り変形したそうだ（この引用はあまりにも有名すぎるのでしない。読みたい人は「一家団欒」が収録されている講談社文芸文庫の『悲しいだけ・欣求浄土』を定価で買って読むのがお勧めである）。

他後期の短編「出てこい」において、師匠は手術で女性の体になる事を空想し（彼は随筆でガンの男性が治療上そうしたケースを知ったのである）さらに、そうして女性になった私も「私である」に違いないと思ったりしている。

彼には、案外に、というかまさにまさに、男尊女卑その他、権力構造の刷り込みが無効だったところがある。それ故に彼はどんな事態も恐れず素直に、私小説に書いてきた。もともと彼にとっては自己も、世界も、他人（放棄された自分）なのだ。しかもその他人に対して、きびしく責任を取ろうとするため例えば「自画像」を書くのなら「醜く」書く、要するに容赦なき私小説の書き手である。おそらくはその必然としていつしか、違う世界を、「私小説」を書くようになった。要はそのどちらも彼にとっては一続きのゆるぎない文の世界、一筋の流れであって、自然な行為だった。彼は技術や経験の蓄積に伴ってさらに一層、疑うべきものを疑い、その技術を武器に自分の疑いの範囲を広げたのだ。
おっと失礼、そういえばもうひとつの「幻想」描写を引用する事を忘れそうになっていた。では引用、……リアル描写を越えて、同じ『田紳有楽』のこれが「池」である。

池から少し離れた塀ぎわに、高さ約十メートルのユーカリが傘を大きくひろげていて（中略）そこから一年じゅう、半腐れに腐れた粒状の実と樟脳の臭気をふくんだ硬い葉が散りこんできて水を汚す。（中略）
今日は天気もよく水も温んで暖かいから昼寝をする。半透明灰色の水の彼方、泥をかぶった睡蓮の鉢のはずれに、つくばいの裾が鉄錆色の荒々しい肌を朧に浮かべている。その立ちあがりの側面が、雄大でおおまかな彎曲と、水面から空気中に抜けて行く境あたりに遍満する白っぽく呆やけたような散光の輝きによって、まるで宇宙の涯を区切る壁のようにも見えぬことはない。（中略）われわれ焼ものは、千数百度の焔によって徹底的に焼き殺され体内の酸素を奪われて生み出されたためであろうか、（後略）

そう、これが「幻想」の方、つまり描写はリアルでも語っている、主体が焼き物だから。するとそれは自分が火葬されたあとの、人から器への、転生の物語ではないのだろうか？

　ちなみに、この二つどっちもお昼寝の話である。しかし一方は普通に人間の体をして畳の上で、ところがもう一方はあり得ない水中昼寝、くどいけど後者の主語は茶碗、無生物で。まあそう言ったってどうせ最後にはこの自然描写の主体である骨董マニアだって、本当は宇宙にぶっとぶ弥勒だと告白するわけだが。でも要するに主語を何にするか？　そこが冒険、しかし、別に何だって文にして、小説世界にすれば、それは「小説的現実」かも。とはいえ、……つまり、これは「私小説」なので、主人公がただ単にアンパンとか、ネズミになってしまうだけではいけないのである。

　人間でないものに語らせる行為、というか擬人化の「暴走」、それは昭和四十年代の私小説界隈においてなぜかとんでもなく激しいタブーだった（らしい）。

　例えば『田紳有楽』の先行作品とされている「竜の昇天と河童の墜落」を書いて、つまりこれの主人公は竜であるし河童も出てきて会話するものなのだが、そのせいか？　師匠は瀧井孝作先生に叱られている。また、ここから切り開いて『田紳有楽』に進んだと評価される「空気頭」については、これを書いたことで私小説界隈から嫌われたのではないかとも噂されている。しかしはっきり言って志賀直哉の言う、「私を離れて私に就く」というのは『田紳有楽』の事ではないのだろうか。なのに志賀さんが怒るはずもないことを瀧井先生は怒った、という噂なのである。

なおその噂は師匠の追悼号に書かれた阿川弘之先生の「小さな真実」にある。そこには師匠が志賀直哉全集編纂に一度も加われなかった理由として、このような「私小説」＝観念小説を書いたことが原因なのでは？　と書かれている。彼は昭和四十年頃にそのような観念小説を書いて瀧井先生に嫌われ、それ以後は編纂に師匠を加えたら瀧井先生がおりる、とおっしゃるので、故に排除されたままになったという一説である。しかし意外にもこの時期師匠は次々と作品集も出てラジオやテレビにも出て活躍している。すると一般には注目されていても古巣から追われた感じだったのか。ちなみに阿川弘之先生の引用はしない。理由？　ご本人は師匠のライバルみたいに書いているが、必ずや違うに違いないと頼子が思ったからっ！　ていうか、私が「先生」とわざわざ書いている時のこの温度を見てくれ。阿川先生についてはどんなに横暴な方か吉行淳之介先生が書いておられる。というのも阿川先生は大変なくいしんぼうで例えば料亭で松茸を食べていてそれは仲居さんが人数分を、誰がどれを食べるか判るようにおいていったものなのに、なのにっ、他人が自分の当然の取り分を食べていても激怒して睨むとかそういうお方であって、ですねえ、すいませんここだけは資料なくて記憶で書いています……。

ところで、私としてはこの『田紳有楽』の先行作品のひとつを、先の二つではなく実は

「春の水」という作品ではないかと言いたくもなっている。ただこの「春の水」を例の瀧井先生は褒めている。なのに私としてはどうしても、この中に師匠の「私小説」の種があると思う。と言ったって「春の水」は確かに彼の人間としての好ましさ（潔癖な激越な彼――勝又浩）がよく出た、叙情性もある古典的旧制高校的（師匠は八高）リアル私小説ではある。たとえばそこにあるのは性というより怒り、ひたすらな自己嫌悪、マルクス主義への疑問、美男な友（多分平野謙）への劣等感等、さらには、文学への情熱、女性に対するはにかみつまり、良い意味での文学青年の典型的内面が描かれている。例えば体を押しつけてくる女給サヨ子に対する自分のかたくなさあるいは竹刀に紙を詰めておいて、軍事教官の横面を殴る強いうっぷん、とどめはそういう自分に向けたさらなる嫌悪。その結果、嫌でも遊廓に行かなければならないと思う主人公の困難。しかし行ってみたところで、（彼には性的な刷り込みがされていない以上）……。

遊廓は途中で帰ってきてしまう。そこも傑作と言える。ただ一点、最後の方の料金を「ぼられた」という言葉だけがなぜか中年ぽい、ここは骨董の仕入れっぽい、ここだけ少し嘘があるのではと思える小説である。

ちなみに師匠の八高時代の写真は顔がというより雰囲気怖すぎる。なるほどいきなり訓練教官を殴りそうな面魂。中年期過ぎた時も（ある時点まで）印象怖かったと小川国夫さんは言っていたのだけど、まあ若い頃ならもっとぎょっとされたかも。しかし私は今、『田紳有楽』のため、それらとあまり関係ない箇所を引用する。それは優しく暖かい彼の細部である。つまりはその怖さ黒さが一瞬それているところ（でも全体を読んでも特に、私はそんなに暗いとは思えない。暗さを恐れずそのまま書いているから好感だな、とだけ感じている。あとこれ全然関係ないけど「文平と卓と僕」の暗さも平気、というか夢中になる独特さなのでこれも読んで、読んで！）、さて怖くない細部に宿る師匠の本質とは……ほら、ここにもまた池がある。さあ、「春の水」引用。

空地のやや山よりに、石でたたんだほぼ三畳敷きの長方形の池があった。浅い水底に泥をかぶった木の葉が一面に沈んで水は冷たく澄んでいた。そして既にいくつかの森青蛙の褐色の卵塊が水面に浮かび、（中略）予期して来たとおりの光景が彼を満足させ微笑させた。

水辺の小さい生き物の群れと出産、それは人間の性を厭《いと》う怖く黒い師匠をほっとさせるもの。しかし結局、……。

（前略）すぐ下の水中にチラリと井守の朱い腹が見え、その黒い細長い姿は、（中略）多数発見できた。（中略）水底にへばりついた井守たちが、かわるがわる、四肢をのばして楽しげに浮かびあがり、蝌蚪を飲みこみ、また満足したようにゆっくりと底に降りて行くのだ。（中略）

寺沢はいっときの間いやな顔をしてじっと水中を覗きこんでいた。（後略）

勝又浩さんが師匠とその真の師匠である志賀さんとの違いについて、比較した文のなかで師匠の水の擬人化について述べておられる、つまりこれは水辺の生物ではなくて、水そのものなのだが。これも有名な「欣求浄土」のサロマ湖の描写である（「冬の王の歴史」・「群像」一九八二年四月号）。

章から離れたところで、サロマ湖の水が海に向かって流れ出ていた。（中略）
「逃げていく」、と彼は思った。
気のせいか、自分の意志で解放されて行くようにも思えた。嘘でもその方が気持よかった。

勝又さんはこれを評して。

世界と自己とが常に明確に区別対峙されていた志賀直哉には、そもそも擬人法、或いはこうした一種の感情移入された情景などということがあり得ないことだったのであろう。

水それ自体に解放を見る師匠、水になって逃げたいと思う師匠。同時に人間の嫌な性から自由な生物が、水の中にいるとつい、一瞬でも幸福なのではないかと錯覚してしまう小さな優しさ。

水の中に群れて、生まれてすぐその殆《ほとん》どが喰われ死ぬ生き物、それは師匠の、結核で早く亡くなった兄弟姉妹を想起させる。父親の教育で性に罪悪感を感じるようになった師匠、貧乏なかで出してもらう自分の学費の事、また、そのもっと根源にある生き残った自分への罪悪感。しかしそんなの絶対感じる必要ないのだけど、それでも発生する師匠の自己批判。

性が出産であり死である事、性が遊廓で完結しないことを知っている彼、そんな彼には、男尊は似合わない。こうして結局は人の世界をはずれて、ちいさい生物に身を寄せる彼。井守の姿に呼応して浮かぶ、半年前に授業で見た映画のこと、……海亀の出産にも感情移入する彼。

彼女は人間そっくりの顔をし、全身に力をこめ、（中略）産卵の苦痛に堪えている。（中略）それから最後の力をふりしぼるようにして海に向かって（中略）這って行った。腹のずり跡が平らに残って行く。その両側に鰭脚の跡が（後略）

黒い鷹の姿が点々と現れ、亀の子の群に襲いかかって行く。（後略）

寺沢にとって、渚までの距離が無限に長く、砂はくずれやすく、歩きにくく思われた。（後略）

映像の中の水の生き物と共に、つい足を引きずってしまう師匠、そんな彼は生まれて、エーケル（・＝・嫌悪）して、それでも、何をしたかったのか、友達に彼は本当に恵まれた。阿川先生のような暴君ではなかった。さらには友達以外の親も兄弟も妻も娘も、庭に来る生物までも大切にしていた。

でも、だからこそ自分を捨てたかった？　人間を主語にせず、他者になる私小説？　しかし、そんなの、なれるのか？　いやなれないからいいのです。他者になり他者になってもなるのはただ自分。そこがいい。火葬されて、かたまって、空を飛ぶ茶碗に生まれ変っても、結局はどうやっても「私小説」の師匠。

むろん、水辺の生物の他に、庭のニセアカシアに来る雉鳩《きじばと》の子育てにも、師匠は感情移入。しかしそこにはけして水中的な憧れは発生していない。蛇に喰われたとかそういう同情しかあり得ない。ところが水中は違う。

体を押しつけてきた眼の大きい二重顎の、「春の水」のサヨ子、水の中でもし師匠と出会っていたら、仲良く出来たのかも。そうそれは『田紳有楽』の……。

C子は今年四歳になる出目金と和金との混血児である。

丸い大きい眼、だって出目金だから。二重顎というか首とか詰まってて当然。そして緊張感のある皮膚。鱗《うろこ》の緊張だ。愛を語ってくれる。その相手は茶碗。その前世は人間、彼は池のなかを転げている（つまり火葬によって彼は、茶碗というものに生まれ変ったのだ）。

「わたくしは、あのときあなたがでんぐり返しをうったなり、まるで大根の切れ口みたいな白いお尻を出して沈んで行ったお姿を見て身うちの血が逆流しましたのよ。（中略）」

「春の水」を先行作品と私が思う理由はこれ。水は彼のエーケルを救うもの、つまり自己嫌悪を薄め、愛と親しみの環境を作る。水のなかに住みたい茶碗になりたい。だって、師匠は骨董が大好きだから。それも自分で下手と呼んでしまうような独特の無名的なものが。その他？　水は歴史を呼び寄せる存在。『田紳有楽』の後ろにある民俗学的或いは中世的コードも私は気になっている（それは連作の中で述べていく予定）。

しかしまあ今のところはというか今回はこの「暴論」を続ける。

お？　そうそう。

肝心の事を忘れておりました。

つまりこの「私小説」『田紳有楽』を書いた作者の「素顔」はどんなのか本業は何か？

やはり私は一応説明しなくてはならないと思う。

だってさっきからずっと、瀧井先生だのなんだの、定まった人間関係の中の「ゲーム」

をひたすら展開しているだけなのだもの（判りにくいよね？）。そして今少しだけ人間としての彼の、高校時代までの出来事が明かされただけで。

ならば「本人」は一体「どんな人」なのか少しは言わないと。

しかしまさか彼は実際に茶碗なのか弥勒なのか、さらに言えば妻は金魚なのか、御馳走は蝦蟇《がま》の皮剝きなのか？　と聞く人はここまで来たらさすがにあるまいよ？

むろん、『田紳有楽』は「身辺雑記」なのだ。でも、要するに、そのままではけして、世間は通らない、彼、結局生涯しっかりと人類のふりをし続けていました。というわけで本業は医師だったのだ。

二十八歳から六十二歳まで医師として大変忙しく働いていた。若いころなどセツルメントでボランティア診察に行って、一日三百人の患者の目を洗った、さらには夫人のお父上の病院を託されて、時に一日四百人の患者を治療していた。なおかつ、眼科は手術がある。彼実は、外科の名手だった。

著作集の月報にある通りに、きっぱりした性格で黒白はっきり付ける。素早い判断力、外科に向いている。

むろん、それと同時に方向音痴で、要するに、自分の外にある構造を把握出来ない人であったという事が知られている。しかし、……。

「構造も判らずによく医者になれたな」と言ってはいけない。彼は眼科医である。敵は眼球である。完結したひとつの部分なのだ。この完結した、一点に集中していられる時、こういう人物は驚異的な集中力で大量の仕事をこなす事が出来るのである。

は？「随分自信ありげだな、ソースはあるのか」だって、まあ部分集中という事に限って言えば自分がそうだから。私はただ書く方だけだけどね、方向音痴の程度すら師匠には負けるけど、でも左右盲がある。師匠はそんなのなくても、でも「不器用で釘一本打ってもらうのも大変なこと」だったって。

しかし、この人はどうやって医師になったのか妖術でなったのか、作中には出てこないけどこっそり薬師如来にでも教えてもらったのか？　いや。

まず千葉医大に進学、戦時中の大学で一度だけ友達に勧められて共産党に協力したために、捕まって五十日以上留め置かれ毎日のように棒で殴られたり。ていうか、いや、その前にこの千葉医大受験に二回失敗し浪人しています。そもそも八高に入る前に一高落ちている、でも一高は試験自体を受けてなくってですねえ……。

で？　千葉医大時代に例のそう、さっきの「ゲーム」の駒、瀧井孝作先生に会いに行って師事。しかしその前の八高時代は、奈良の志賀直哉に会いに行っています（すびばせん前後して）。あ、そうか、失礼、……ちょっと待って今、年譜をご用意……。

但しこれも主観というか師匠への自説入りですのでどうか、ひとつ、また、ここでは最小限述べますね。ちなみにこの年譜の元になる著作集の年譜は、師匠御本人が書かれたものを基にしたそうです。

ていうか年譜にあるような事はほぼ小説に書いてある・小説に書いてある事は随筆にも書いてある。しかし本人が弥勒、それは伏せている。

ま、一度くらいはこの師匠の、「モデル」のお名前を書いておきましょうか?

私が今あり得ない程違う人物に仕立てあげてしまっているかもしれない(しかしそれは尊敬と畏怖のあまりなので)この師匠のお名前は藤枝静男さん、と言います。本名勝見次郎、藤枝静男はペンネーム、その由来はこれも有名、上は出身地、下は若くして亡くなった友、北川静男の静男、からである。

一九〇七年十二月二十日静岡県志太郡藤枝町に生まれる。しかし戸籍は、一九〇八年一月一日になっている。母の名前はぬい、父は鎮吉。この父親は若い頃から家業(芸者さんの来るような大きい旅館)と家風(奔放)を嫌い、家を出て医師を志すも結核で挫折、薬剤師となり、薬局を営む。当時十歳を頭に、姉はる、なつ、ふゆ、兄秋雄がいた。その後妹けい、きく、弟三郎、宣が生まれる。

本人八歳までにうち四人が亡くなる。その後も結核による不幸が続く。

子供の頃の好物？　梅干しと沢庵しか食べないと随筆に書いている（「消極的美食家」と自分で言っている）。老人になっても梅干しは好き、浜松米騒動の記憶がある（『石心桃夭』）。

小学生の頃から師匠は女の子にはにかむようになっている。おそらくは潔癖な父親の躾けのせい。なおかつ医者を志したのも多分お父様の影響。

子沢山貧乏、その中で愛されて学費も工面して貰《もら》って、中学から東京へ、それ以後は一年に一度くらいしか藤枝の土を踏まなくなった。

しかし『田紳有楽』はこの風土と湿度なしには無かったのではないかと私には勝手に思う根拠がある。評論家や研究者ならけーっという程の浅はかな根拠だが、後述する。

中学時代、東京の成蹊学園はスパルタ教育で野菜作りもさせられる、その一方で教練よりは英語教育の充実した学校であった。クラブ活動で短歌をちょっと作る。島田清次郎の『地上』を読む。官能性に引かれて翻訳小説を読む、トルストイとドストエフスキーを読む。ドストの方を気に入る。夏目漱石を読む、志賀直哉にはまる。

一高不合格、八高合格、生涯の友、平野謙、本多秋五を知る。師匠の幸い、友長者、友幸福の始まりである。しかしこの友がマルクス主義に傾倒する中、一線を引いている。というか勝手に言うが文学の実作者ならほぼ、フォイエルバッハ主義者でしょう？　二十歳で奈良の志賀直哉をひとり尋ね小林秀雄を知る。その後平野、本多、師匠の三人で奈良行。

八高時代、十六歳の女給さんを好きになってしまう。当然うまくゆかず、友達の平野謙が心配してくれる。若いころの日記に「メッチェン」は「十六歳が一番いい」と書いている。老人となってからは中国において、二十七歳の通訳女性を十八歳とずーっと間違えている。

千葉医大時代、友達に頼まれてたちまち共産党員にカンパしてあげる。いきなり捕まる。いつも友達の事しか考えない師匠。その気性は素晴らしく、普通の男よりずっと高潔で嘘偽りがないため、党員を庇って口を割らず、拷問されてしまう。その後、共産党の女性に平野が振られたとき、師匠は平野のために憤っている。平野謙は実際に活動していたというのになぜか、（というか周囲の口が堅く守ってもらえた）逮捕を免れていた。戦後の平野は共産党を批判しまくった。一方、戦後の師匠は食料不足の中、平野謙本多秋五に「米や肉や天婦羅」をたくさん食べさせたいと熱望し、実際にそうした。自分が食べるのよりも友達に食べさせるほうが好きだったのか？　まさに、師匠らしい行い。

ちなみにこの師匠は一度ならず、平野は堅物で生涯遊廓に行かなかったはずと主張している。若い頃から自分の性欲に対して強い罪悪感を持ち続けた彼がここまで言うのだから、まず、事実に違いない。

さて、逮捕の祟《たた》りで卒業が危うくなる。温情で医局の助手になりなんとか資格を得る。八王子の開業医の留守宅を預かる。その後も別の留守宅を預かる。優秀さを見込まれて浜松三大名眼科菅原眼科の三女と結婚。「本当は養子に欲しかった」という、ソースはご遺族です。全体に端正な夫人の顔だちに、一点八重歯が可愛い。そこがすきだったのかもしれないと私は勝手に思う。夫人は私小説と違い、おしゃれで最先端の人であった。夫人が「銀座に行くでしょう、気に入ると、これ、全部頂戴って、これ、全部頂戴って」と両手で品物を指定する動作までして教えてくださったのもご遺族である。なお、教育パパでもある師匠の洋服は全て夫人が銀座で選んでいたという事であった（お帽子も？）。

文壇の付き合いは高校から？　いや中学もかなー？　まあ一高はよく聞きますよね。で？　八高にもあった。そう言えば川村二郎さんも八高出身である。とはいうものの八高友達がこぞって文学を目指す横で彼、医者になっている。中々書かない。

しかしついに、最初の作品「路」を「近代文学」に発表、三十九歳。作品は中年から書かれたものばかりである。だけどどうせ年齢は漱石だってそんなものだろう？

そうこうするうちに芥川賞候補三回。「イペリット眼」、「瘦我慢の説」、「犬の血」。取らせなかったことは選考委員の恥。瀧井先生はしかしちゃんと推していた、はず。ちなみに同郷の小川国夫さんはこの芥川候補、何度か断っておられる。断れるのだ。しかしかつて私がその事を書くと、電話で牽制してきた偉い女性作家がいた。もう亡くなった（それは二〇一五年一月）。

いつしか師匠は「群像」の最も大切な作家になっていった。「群像」ばかりに書いて、「文學界」が没にした「凶徒津田三蔵」も「群像」で掲載した。昭和四十年代彼は、活躍する。『空気頭』で芸術選奨文部大臣賞、『田紳有楽』で谷崎賞、この二作においてことに私小説を宇宙樹にまで発達させたため、盆栽好きの方々に嫌われてしまった、という伝説が始まる。

五十七歳で老人になることに決める。自分の事を「わし」と言う、髭《ひげ》を生やす、ステッキをついてみる。

文学仲間と一年に一度浜名湖で遊ぶ、カレーライスをすぽすぽ口に入れ煙草をすぱすぱ吸う彼。この残っている動画の口つきがけっこううなぎっぽい。晩年、立原正秋の家の料理が気に入ったので褒めて頑張らせようと試みている。ちなみにすっぽんは基本欲しくない（ただし、上手なところのすまし汁はＯＫ）。鰻にもそんなに興味はない。食用蛙も怖い、にもかかわらず蝦蟇の皮むきが小説に出て来る。結局爬虫類魚類両生類を、自分の仲間だと思っているのかもしれない。一方（これはありがちだが）猫には冷たかった。梅干しは好いていて自分でも漬けていた。とはいえ私小説の大家二人までもからこの梅干しの扱いが最低と言われてしまっていた。なおそう言ったのは志賀さんとあとひとり、尾崎一雄である。

六十二歳で廃業届けを出し医師引退、長女夫婦に病院をまかせる。欲しい骨董があると長女にお願いする。「章子、かねないか？」って言うんですよ。

（前略）娘夫婦に食わせてもらい、家内は小遣いをもらって買い物係りという結構な身分である

その後、夫人の死を描いた『悲しいだけ』で一番欲しかった野間賞受賞。

一九八一年、彼は丸谷才一先生らが受賞者小幡亮介さんの無断引用の責任をとって、一斉辞任した跡を受けて、群像新人賞選考委員を勤めていた。が、この年四月、最終候補者のひとりを激しく擁護して号泣する。この候補者がこの後鳴かず飛ばずで十年本が出なかったために、どうかしていたのではないかなどと言われ批判される（これ私、笙野頼子である（泣））。

入院、長年書かなくなる。でもよい病院。お嬢さん二人が始終お見舞いに。私にやっと第一作品集『なにもしてない』が出来たときに、本をお贈りしようとしたら既にそれも迷惑という状態になってしまっていた。お見舞いに行きたくてももっと親しい人々さえ遠慮していた。

一九九三年四月十六日没。命日は雄老忌。雄、にして老。小川国夫さん命名。しかしその老は引き受けた仮面である。さらに言えば雄も現代において、というか当時でもここまで、男の、自分の性欲を嫌悪する雄がいただろうか。

他、師匠は、その地元藤枝浜松王国において、彼の大切な芸術家達と交流した。代表と言えるのは風土を共有する年下の小川国夫、そして彼の作品に影響を与えたと思える真の自然を描いた画家、曽宮一念である。小川国夫氏については言うまでもない。作品は『アポロンの島』等外国体験を生かしたもの、その一方で地元藤枝の方言を躊躇せず使ったリアルな小説群、他に特徴的なのは架空の旧約聖書的世界を描いた代表作『或る聖書』である。交流は国夫三十歳のときから、第一作品集を師匠に贈呈し会いに行って始まる。師匠はその時の事をこう書いている。

（前略）自費出版の一冊を贈られて一読して非常に驚ろき喜んだ。同時に、あれを読んだ直後に浜松の拙宅を訪れてくれた小川氏が「藤枝さんの小説はまだ一度も読んだことがない」と平気な顔して言ったのにもビックリしたのである。
これは、つまり氏が始めから自分の書いたものに自信を持っていたという証拠でもある。

作家でもっとも彼について書くことを期待されていたのはこのもうひとりの、同郷の傑出小川国夫さんである。師匠と佐々木基一氏の追悼座談会で埴谷雄高さんは。

『田紳有楽』を読み直して本当に驚いた。（中略）優れた文学は、底を探ってみれば本当にいろいろある。しかも、底を探れる文学が「近代文学」にかつてあったということはすごいことなんです。（中略）百年後もだれかが探ったらあるということです。そして、探る人は出てくる。小川君、君がここで一番若いんだから、しっかりやってくれ。

小川国夫さんは著書『藤枝静男と私』において、当然『田紳有楽』に触れられている。
なお、曽宮一念画伯については浜松文芸館編集の書簡集、『裾野の「虹」が結んだ交誼——曽宮一念、藤枝静男宛書簡』が四年前に出ている。

これは書名の通り、一枚の「虹」の絵を購入した師匠と、その作者である画家との交流を中心に、長年の、画家からの手紙をまとめたものである。つまり曽宮画伯の手紙だけで師匠の手紙は入っていない。というのも、画伯本人がすべて、他の手紙とともに燃やしてしまったからだ。

師匠は眼科医としてこの画家の難しい目を治療し続けた。ただ当時の医学では無理だったようで最後は不幸にも失明してしまう。

この曽宮画伯の絵は師匠の特質を理解するために非常に有効である。というより、独創性と迫力が私を驚かせた。といっても本物を見たわけではない。しかし師匠とて若いころは雑誌「白樺」の誌面で絵画を知ったのである。さて、ここで師匠が最初に気に入った画伯の絵「虹」について、画伯のほうの手紙から引用する。

（前略）裾野の斜面から高く虹が上方へ登ってゐるもの。構図雄大、色も私自身気に入ってゐますが、通俗さが無く、一般的には「わかりにくい」画の方です。

真っ直ぐの虹、それこそが虹の絵の代表だと思ってしまうようなそれは力のある画。虹と平野と雲しかそこにない事に説得力がある。それは翳《かげ》る虹の色と茶色い空、黒っぽいけど透明感のある平野。虹は虹というよりは嘗めつづけて薄くなった棒飴の質感で、見るものの手のひらに鈍い光を残し掠っている。それは長年そこにいたのかと思う程で、消えるはずもない。空気が物質化し、濃淡が主人公となる。

他、平野の緑と雲の白が呼応するゆえに、野までもが雲の流れを反映し動いて見える絵、それはさらに山もぱったりと地に倒れ伏して半分、野にもぐりこんでいる不思議な印象、世界の質感に気持ち良く手が届く（「毛無連峯」）。さらには雲が素晴らしいイチゴミルフィーユで美味しそうな上、こっちの口中に飛んでくるリズム感まであり、浮いている必然性が一瞬疑われる絵、それはその事で、空の体温というものが感じられる（「平野夕映え」）。どの色も欲しくなる美々し過ぎる触感。

師匠にとってある種の現実は構造は偏見でしかない。この偏見を取り払うのに座標軸を消す。遠近をなくす、それはまた文章で描く定型的な私を疑うことだ。

彼は構造を苦しみと感じ、遠近や線のような時間を拒否する体で、自分の体から湧いてくる性欲の構造化を厭い、買春にはどうしても適応出来なかった。ただ芸術を通じて事物の本質に触れるときにだけ、苦しいフレームを抜けて幸福になった。その刺激を受けて執筆した。

白樺派の残党であった彼は、思想では伝えにくいものをグラフィックにやりとりしていたのではないかと、この絵を見た時、私は思った。色紙や陶器で文学の芯を語り合うために、誰かの書を欲しがったり、絵を贈ったり、描いてみたりしたのではと。それはけして気取りではないのだと感じた。

絵や骨董を描写する師匠の文章に、高等遊民的なものは何もないと思う。生の感触を実用的に求め、進んでいく。そのような美の本質を知らなくてはならない必然性はおそらく風土の中にあって、この風土が彼に「真実」を見せた。

要するにこの師匠は生涯にわたり、親思い、兄弟姉妹思い、友達思い、よき友に恵まれつつ、組織の上には時に激烈な怒りをぶつけ、文学に関しては志賀門下同士でもけして妥協せず「ヒリヒリする（引用阿川弘之先生）」意見を述べ遠慮会釈なかった。

中年期過ぎても文学に対しての情熱と激烈さは変わらなかった。

愛妻家、よき父、地域の視力を担う優秀な眼科の医者。白樺派らしく、ゴッホ、セザンヌ、ドストエフスキー、志賀直哉を愛すると同時に、古代中国の無名の陶工の作品や、遠近無しで描かれる李朝の民画の刺激を受けた。骨董はあえて「下手」と呼ぶものを求め、仏像を求めても仏壇は所有せず、庭や床の間に直に置いた。

戦前も戦後もマルクスにも天皇にもキリストにも染まらなかった。しかし同時にいつも何かと格闘し、生きにくかった。
引用する。これもまた畏怖にして恐怖の、びびるしかない、引用である。

私は、ひとり考えで、私小説にはふたとおりあると思っている。そのひとつは、瀧井氏が云われたとおり、（中略）つまり本来から云えば完全な独言で、他人の同感を期待せぬものである。もうひとつの私小説というのは、材料としては自分の生活を用いるが、それに一応の決着をつけ、気持ちのうえでも区切りをつけたうえで、わかりいいように嘘を加えて組みたてて「こういう気持ちでもいいと思うが、どうだろうか」と人に同感を求めるために書くやり方である。

これらの引用は一見、ごく普通の言葉で私小説について穏当に書かれているように見える。しかしまずこの最初の一文で、私の師匠に向かって瀧井孝作が言った自分の事というのが、彼には土台自分ではなかったという、それが実は戦慄すべき事実である。師匠の言っている「自分の生活」というのも、「わかりいいように」、「加え」た、「嘘」、にすぎない。というのも、おそらく通常の私小説家と彼はまったく違うからである。師匠の嘘というのは読者に判りいいように加えた看護師との性交の話である。或いはそのような嘘の力でふっと本物の記憶から転がり出る思いもかけない自分の性欲の強さ（って有り得ないと思うけど）とかそういうものである。そんなのが万が一もし出てきたらそれが真の自己なのだと期待してやってみているのである。文章の力で自分の外に出る事、自分を外から見る事の出来る未来を師匠は信じていた（と思う）。

その一方「ありのままに」と言った話は例えば茶碗が空を飛び、金魚と性交する話である。なおかつ、自分が弥勒だという「虚構」が実は「少しも歪めずに書」いた真実の告白である。死体を刻む鳥葬やスパイの話に無論、資料を使ってはいるが、しかしそれを描いている師匠にとってそれはまさに現実なのである。結果昔のチベットの場面に汗と垢と脂をてんこ盛りに描いておいて、びんずる様を汚いと言い切る師匠。そもそも自分で「自分の生活」を生活する自分、そんなものを師匠は土台、自分だと思っていない。

師匠は人と自分の使うひとつの言葉が同じものであるとは思っていない。それがそのまま通ずると信じてもいない。理由はおそらく自分に厳しい事と全てに不器用な事や、そもそもすさまじい方向音痴であった事等であろう。彼は道とか路線というものを理解しなかった。性というものにもずっと違和感を抱き続けた。

彼はおそらく、世間の人々が自然に体得しているものをそのまま利用できない一生を終わった。

作中においても、無頼を課題にするだけで素の彼はけして無頼ではない。ただ、たとえば性欲の転化した凄まじい怒りを持つはめになった。例えば、何かを経由してある心境に達するとか、そういうストーリーのある構造を持ちえない体なので。そこにあるのはただ、変わりない自己嫌悪だけである。

ある時からそれは観念小説の様相を帯びはじめた。然し同時に彼は具体物によってしかその観念を理解しない人間であった。そう、そういう人、だからこそ、私なんか私なんか私なんか（泣）。

昔、三十八年前、彼は私を作家にしてくれた。ある新人文学賞の選考会で面識もない私を激賞しひたすらに推し、最後に号泣してくれて、それで私の最初の小説、「極楽」は当選し「群像」に載った。それは構造のない美術、ひとりの無名画家が密室で書いていた一枚の絵の話である。方向音痴の、自己不全感に苦しむ「私」が、地獄の質感だけを描こうとしたというだけのもの、拙《つた》ない作品を選んでくれた。

ちなみにこの文学賞は今も当時も選考中、候補者のプロフィールを選考側に教えない。なので決定して私の年齢が明かされたとき、師匠は驚いてこの新人の行く末をまず心配した。作者を五十代の男性に違いないと思っていた。これは私小説なのだと。

彼を、私は本来は先生とお呼びすべきなのである。世間ならば大抵そうしているだろう。しかし「群像」ではどんな偉い人でも先生とは呼ばない。新人がエッセイに先生と書いたりするとすぐ、さんに変更させる。他にも「文藝」とかはパーティで先生と呼んだ新人賞受賞者が頑固に固執したので、泣くまで論難して止めさせたりした。

本当に尊敬していたらそんなふうには呼ばないというデフォルトがあり、真の敬意を込めてさん付けにする。なので礼儀を知っていれば、大江さん、大庭さん、藤枝さん、とお呼びするべきなのだ。おや、今うっかりと師匠の名前をここでまたさん付けで表記してしまった。畏怖をこめて、……。

例えば、この「群像」のパーティにおいて確か三十年程前、ある若手評論家がいきなり、「え、どうですか○○先生、どうですかね」などと、凶悪なスナメリのように頭突き的なおでこをくいくい動かしながら、別の新進評論家に言いはじめたという記憶が私にはある。そうするとそれは必ず、ただ相手に喧嘩を売っているというだけのことなのであって……。

とはいえ千石英世さんは論文の中で小島信夫さんを先生と尊敬して書く。しかもこの尊敬は本物である。ていうか外から見たらさん付けはきっと変なのだろう。

しかし一方師匠はその師匠である志賀直哉氏に対して常に志賀さん、志賀さんとさん付けで呼んでいた。むろんこの尊敬もまた本物である。つまりこれはこれで理由があった。「自分のようなものが先生と呼んでいいものであろうか」と彼は書いている。

そう言えばこの、不器用な師匠は案外に人よりも恵まれた関係性を生きた。それは私には不思議でもあるし羨ましく、読んでいて本当に楽しそうなのでちょっとくやしかった。特に志賀さん、親友の平野、本多相手より楽しそうに思える。ただその割に相手の困る時だけ前に進み、いざという時に引っ込んでしまっていたのではないか、という心配も私はついつい、したくなる。まあそんなのは余計なことなのだけど。

ところでここに私は文学史上の面倒な事なんか今まったく書いていない。私にとって師匠は神だけど志賀さんは天、というか教科書の中、というだけの話である。なのでこの件に関しては弟子と師匠というひとつのゲームの規則の中にある、その楽しい動きを見ていたいだけというか。

志賀さんは師匠をもし自分が若くして結婚しているのなら、子供の世代だと認識していた。師匠はまずひとりでこの志賀さんに会いに行って、次に三人で行き、ある年は奈良に、一夏下宿までした。こうして、一日置きに会いに行った。ところが天婦羅は好きかと聞かれて「ええ」と答え、ご馳走してもらうと、(暑さのせいとはいえ)二つしか食べられない。

当時の師匠は、志賀さんから執筆中は誰も来るな家族のところにならいいと云われていたので夫人と話しに行く。しかしそんな時でも怖い顔しながらでも師匠相手ならば志賀さんは出てきてくれるのだ。でも仕事中なので結局怖い。なおかつ志賀さんが嫌がるし他の人は遠慮しているのに師匠は自分だけ色紙を貰ってしまう。

写真を撮りはじめると志賀さんのために野猿の写真を撮る。小猿がうまく撮れていなくても褒めてもらえる。いつのまにか、彼は立派な医者である。志賀さんが年取ってくると、尿漏れの話や死ぬことについて聞かされている。その一方志賀さんに認められようとして、玉舟和尚の書を持っていって否定される。他にも認められようとして、蒼海の書を持っていくが、自分はもっといいのを持っていると言われて、せっかく上げたのは瀧井先生に渡されてしまう。

何から読めばいいですかと言ってくる人へ。まず短編をひとつ読めばいいのである。そして一目見てその文章が気に入った人は何を読んでもいい。ていうか『田紳有楽』を読んではまればいい。ただ「愛国者たち」とか、「凶徒津田三蔵」、これは出来るだけ後にのこしておいた方がいい。また、きついけど凄い、と思いながら頑張って短編を読んでいる途中の人、随筆もちょっと見てみるといいよ。あまりにも率直で感じいいから。

2　師匠にお手紙を書く

師匠、ごぶさたをしております。むろん、私などに師匠と呼ばれる覚えはないでしょうけれど。

なのに、私はこれから私の師匠説を書く、と最初に、書きました師匠。

今あえてそう、師匠と呼ばせていただきます。教えを受けたという意味ではなく、ただ敬意を、もとい、それ以上の畏怖を込めてお呼びしています。ここ三十八年、私はその影響下におり、尚かつあなたに護られて生きてきました。あなたを知り敬愛する人々は長年、私ごときにずっと親切で今も導いて下さいます。筆で立てるまで、親には大変迷惑をかけましたけれど、それを別とすれば、あとは殆どあなたのお蔭で生きて来られた。そういう意味でも、あなたは神とも言える存在でしたので。

でもだからと言って、というよりむしろそれだからこそ、そういう私があなたを本来の意味で理解している確率は大変低いのです。そもそも師匠と私の能力はやはり神と猿ほどに隔《へだ》たっている。しかしそれでも、ある一点にかけて、私はこうして師匠について書いてしまおうと思っています。その一点とはあるものごと、理性、或いは今までの文学が自明とするものをも、師匠があえて理解しない絶対に理解しないという、その不器用さと頑固さにおいてなのです。まあ、頑固さというよりむしろ、天性、本能ですね。

とはいえ私の場合は、ただ単に本当に何もかもが理解出来ないのです。欠けているだけです。

ところが師匠は文章の習練によって、その「判らな」さを意図的に貫こうとした。それを私は小川国夫さんとの対談で教えられました。その時の私は、文と人間、現実の位置関係において、小川さんと相反する立場にあったかもしれません。とはいえ小川さんという方も私にとってはやはり神に近い人物です。ただしキリスト側というかそういう感じではある。

あの時、彼は対談録音中のテープを止めるように命じて、それから師匠がなぜ『田紳有楽』を書けたかという事について自説を述べられました。そして、師匠の名を呼ぶと彼は……。

（前略）頭で考えた幻想ではなくて、全身全霊でなるんですね。ですから『田紳有楽』

というのは傑作ですが、あれもおかしなことがいっぱい出てくるけど、考えてああいう場面が現出したわけじゃない。そうなっちゃってるんです。

それは私にとって意外な発言でした、つまり師匠の傑作を成立させたものが、師匠のコントロール外にあったという御見解でした。なるほど小川さんと言えばおそらく老年の師匠をもっとも御存知の作家だと思います。しかしこの連作の中で、私はそれに対する異論を述べようと思っております。つまり師匠はただ、『田紳有楽』において、ご自分の習練でコントロール可能なもののコントロールをわざと外し、それによってアジアの歴史において自明な深層世界、或いは民俗の形で表すしかないような真相を描いた、貫かれたのだと。硬直した理性的世界観を打破し、読む人を蘇らせ覚醒させようと意図したのであると。いや、意図というより、破らないでは生きられないほどの閉塞感を突破し、そこを近代以後の「仲間」と共有したのではと。むろんいちいちそんな風に言ってしまうことも師匠の意図からは外れると思います。師匠の理想化していた無名の陶工のような仕事というのは、言葉を使いながら、肉体に支えられてそこにあるもの、いわば付喪神に生える手足のようなもので、作家本人は自分の言葉など失っていくものという感じなのでしょう。同時に師匠のような本質をつきつけてくる過激さとは、徹底した技術によってしか可能にはならない。師匠の執筆はそれ自体が我慢であり挑戦であった。

さらに言えばその閉塞感は常に師匠を苦しめていた肉体的なものでもあった。

小川さんはこの対談でこの発言の後に、……。

（師匠の）原体験として一つ思い当たることがあります。立川文庫ってあるでしょう。その中に（中略）繰り返して修行しているうちに、いままで出来なかったことがぽんと出来る、ということが書いてあるんだけれども、（中略）子供の頃、立川文庫を読んで、信じたんですね、（中略）だから、百錬の文体（師匠はこの言葉嫌い笙野注）が欲しい、っていうことを言ってますね。文章ですね（これ多分言い直し笙野注）、さんざん修行すれば、なんか飛び越える力ができると。それ自体一つの幻想だと思うけど、（後略）

ところが、私はそうは思っていなかったのです。つまり幻想などではない。技術で構造をこえていく事を自分でも信じていたからです。例えば、文法は男の言葉であってこの構造を抜けたものは、つまり女の言葉は狂気に過ぎないという言い方がある。しかしガタリは単語を並べて言葉を通じさせると言っているし、それは私自身がずっとやって来た事なのですから。

師匠、判るという事の大半をインチキだと私は思っています。理解してはいけないものを理解する事で、この世は合理的に回っている。それに抵抗するように師匠は、生きてこられましたよね？　教育の刷り込みを受けて、医師になった上で。その上で百錬の文体が本当にあるものか？　ありますとも、師匠には、師匠ならば。

二度目にお会いしたとき、師匠はもうお骨になっていたと先程書きました。私が師匠についで初めて書いたのは追悼文です。「会いに行った」という題名にしました。そう書けば文中で会えるだろうという気持ちがあった。どんなに未熟でも文というものにはそんな力があると。しかしお骨のある祭壇を見て来た直後なので、さすがにそれはないと追悼を書き上げて、また思った。でも今思えば案外にそこで会えていた。というのも場所は藤枝市の五十海《いかるみ》です。季節と風土が私に師匠の、五感や肉体のあり方を伝えていた。

そのせいか結局その師匠の追悼文の末尾を、私は僭越《せんえつ》にもこのように結んでしまいました。当時からずっと、私は嫌われるような笑われるような偉そうな物の言い方をしていたというわけです。そのせいですでに人々から「ふん」、とか「へっ」とか言われていた。なのに判っていても気がつくと笑われるような事を、自己陶酔してまた、書いているのですね。結局こんな馬鹿な書き方をしてしまった。

「私のようなものでさえ文章の場所を歩いているさ中、その日が何日か朝何を食べたか、自分の性別さえ失念してしまう瞬間がある。恐ろしい世界を強靭な精神で切り開いて行かれたのだと思う。そして田紳有楽の世界へ飛んで行かれた。」と。

だけれども、師匠、たとえこの一文の前半は偉そうでもともかく、後半は真実です。師匠の私小説がリアリズムを越えている事、それこそがまさに文というもののリアリズム的習練の結果だと私は思っています。

本当のリアルとは何であるのかを、師匠は文によって叩き出した。リアルを追求せずにはいられない心で、リアルを越えてきた。しかもそのリアルとは常に不快がる肉体でした。肉体から逃げない、それ故に理解出来ない。つまり対象と和解しない。理解しない、でもあえて付き合う。すると、いつしかふいに肉体を越えてしまう。

師匠が何かを「理解」するのはけして理論によってではない。具体物によってである。奇跡を起こすのも同じ、具体的に書かれた文章によってである。

この無理筋において、私はあなたを勝手に師匠とお呼びしています。

戦前も戦後も師匠が否定したナップ理論や、西洋哲学、マルクス主義、天皇、大きい宗教、それらすべては師匠の頑固さに届きませんでした。師匠が、遠近のない世界に浸ったのは、どっちにしろ、上から構造によって人を見るという事を、絶対に理解するまいとするその頑固さの故だからです。そこに必要なのは一枚の絵画、あるいはひとつの池、一本の木、三個の茶碗だった。というわけでこの天才の企画はいつも日常茶飯事から……。

さあ、水の中に住もう、そして茶碗を動かそう、茶碗になってみよう。自分には出来る。

『田紳有楽』はそうした構造突破者の自覚なしには書かれなかった。師匠が自分にある構造を強いる何かに反抗し、そして判らないと言い続ける。それはけして病的なのではない。自分で選択した技法だった。私はそう信じています。

むろん、普通にしていたらひとつの茶碗は何も語らない、もしもひとりの鑑定士が正しい鑑定をしても、例えば、そうです認めますとも何とも言わない。死体ならば解剖によって死因を特定できる。けれど、茶碗は割れたら、金でつながれるか捨てられるだけだ。さらに茶碗は自分から動く事が出来ない、と近代の理性は信じて、かたまっている。

にもかかわらず彼はそれを動かしてみる。回転させる、飛ばす、飛びますとも、例えば托鉢の鉢は飛びますから。師匠には米騒動の記憶がありますものね。

米よ来い、こっちへ来い、こなければ行く、茶碗を行かす。米騒動とは空を飛ぶ茶碗の群れである。そもそも、それはもともと中世からある事だ。托鉢の鉢が長者の家の蔵に積んである米俵を浮遊させ、先導して空を飛ばす（信貴山縁起絵巻）。また民話（松谷みよ子）

の驕った金持ちが大きい餅を宴会の余興で的にして射たら、それは白い鳥になって飛びさってしまう（その金持ちはたちまち没落する）。それはただのファンタジーではなく、歴史からのメッセージ、飢えた人の祈りです。師匠は鉢を飛ばす時にその歴史を使用した。いちいち理屈を立てずに文の習練でやった。茶碗が空を飛ぶ、と思うときに根拠はあるのです。

しかし師匠は民俗のイメージがそのまま湧くような人ではないはずです。教育を受けた理系の人物で、歴史を勉強し、書画骨董を愛していた。その結果出来た冒険の世界を読者はこわごわでも享楽する事が出来た。ただ習練の上でも書く事はどんなに恐ろしかっただろう。

あなたは文体という言葉がお嫌いでした。なので私も滅多に文体とは言いません。しかしそれはとても誘惑される楽な言葉です。自分で身に付けていて余程環境が変わらないかぎり、いつでも引き出せる癖のような感じに、自分の文他人の文に文体と言ってみると、オタク的で楽です。スタイルさえやっとけば世界は手に入るという安心な感じ。

でも本当を言うと、文は習練出来ても相手は日常はどう出るか判らない、そうなると、ある日いきなり、文は襲ってくる。師匠がそっけないと言われて書いている一文さえ、実は怒りで省略し尽くしているものかもしれない。今、その例をひとつ上げます。「沼と洞穴」から。

要するに郊外の住宅からの通勤人だ、「眺望絶佳」だ。

つまり家がなくて穴の中に住んでいる人々の話、彼らの厳しい暮らしを、これ以上には省略しようもなく、このカギカッコはただ怒っているだけだ。

文というものは両刃の剣どころか、切っ先が絶えず、こっちに向かって突っかかってくる妖刀のようだ。というか刃物に囲まれて書いている感覚なら私さえもあるけど。師匠はいつも自分の眼球に向かって刃物を突きつけている。いつも近くから始めて、進むにつれ世間や西洋が当然だと思うものを取り払っていく。一回一回勝負。

しかしそうして出てきた「でたらめ」、『田紳有楽』はまさに現実そのものである。だって師匠は構造が分からない、輪郭を見ない、天を信じない、方向を覚えない。自分の体の中にある性欲を他者のように憎み、しかもそれから目を背けず自分の所有物として引き受けつづける。性欲に苦しむのはそれが強いからではない。自分の外にあると言ってしまいたいほど理不尽で不可解なものだからだ。なので多くの男性は男尊的な制度の中に逃げ込んでしまうか、女性に責任を押しつけて被害者面をする。そうした男尊連中はそれで物が分かったという事にして安心し、自分の性的責任に関しては見なくなってしまう。ところがあなたは逃げない、しかし欲望の「醜さ」に屈伏もしない、ただ理解しない。理解しないから苦しみも残ってしまう。だけれどもその一方で友達とも家族とも好きな人間とは普通にコミュニケーションが取れる。

でも私は取れない。なお、性欲には何も苦しんでいない。この件は申し訳ないような気がしています。

デビュー作の「極楽」を、師匠は男性が書いた私小説と信じてくれました。むろん主人公の孤独さや無能さ嫌われ方は私と近いけれど、しかし、あの主人公を「自慰ばかりしている」と私は書いた。それがばれて苛められているとも。でもそれはただ同じクラスでそう言われて苛められている男の子がいたから、ふとそれを使っただけなのであって、……。

本当の事を言うと私の場合、コミュニケーションの不具合は性欲のせいではなく、地獄でもなかった、それは何らかの理由による肉体の不具合、例えば、膠原病というこの病気だった。或いは生まれたときに負ってしまった角膜に付いている大量の傷とか、ひいては生まれて一晩仮死状態にあったため、生じてしまったらしい、様々な能力の欠損とか。

病は絶えず私自身を私に敵視させ、苦しめました。そもそも私は性欲をいましめるという気もありませんでした。自分の生活においてどれが性欲かどれが快感の前兆とかであるか、そんなものもまったく理解していなかったからです。子供の頃はなにかあればすべてこれは性欲ではないかと思いました。むろん性交どころか、人間といる事が今もまるで出来ない人間に成長しました。性的なものも、子供のくせに高見順まで読んでいましたが、そもそも性交を酒や煙草のようなおとなの趣味としか思っていなくて、そこにタブーがある事すら知りませんでした。

今も頭の中には霧が湧いているだけです。自分の体の中のどこに何があるか何を欲しているのか、暑いか寒いかもよく判りません。そう言えばフライを食べていてキスか海老かの区別は付くけれどもチキンと豚ヒレの区別が付かない子供でした。しかも家のすぐ裏で道に迷いやっと家の前まで来ても、中に母親がいるのにカーテンを遠くから見て、いないと思い込んでよその家に入れてもらったり、その他には数を数えているうちに他の事を話し始めるのでどうしても何がいくつあるか判らなかったり、左右を間違えた回れ右(左)をして、それでも知能テストは一番になったりしていました。失禁も普通の子供よりひんぱんにしました。どぶの中に手を入れてみみずをとりそれを結んで遊んでいて、むろん人に認められ好かれようとしてやっていたのです。しかし汚いとか冷たいとかあまり思わない。その他にはクモは手掴みできるので学友から重宝されました。でもある時、そうやって重宝されているさ中、同級生から気持ち悪いと言われてふと、結局昆虫全体を嫌いになっていました。昔はナメクジを飼っていたのです。家族は私のいない時にふざけて塩をかけそれを殺しました。私は気に入らないことがあると家族にカッターを出してみせたり、ナイフを持って学校に行っていました。ひとりで便所掃除をさせられていても何も感じないで、苛められているという事を理解しませんでした。ただいつもいつも、パール・バックの『大地』にあった「飯でも食うように人を殺す」という状態に憧れていました。しかしそんなのは出来ず、自分で毎日ただ死にたいとだけ思っていました。でもそんな私にさえ、……。

お医者さんになれて、志賀直哉の一番可愛がられた優秀な弟子で、ナンバースクールからの友達に恵まれ美術も判る、家族思いで愛妻家で死後も故郷の誇りであり、多くの患者さんがまだ師匠を覚えている、その師匠と同じところがあるという事です。

師匠の場合それらはけして病的なものではなく、創作の武器だったと私は信じています。しかも文学だけではなくその生きにくさによって、辛くともよりよく生きるための武器であったのだと。

一方、私の場合は病だけではなく能力の不具合が本当にひどかった。

ただそれでもその判らないという一点に懸けて、私にはこのような師匠説が書けると、他の人には不可能な師匠の読解が出来ると、今はそう思っています。

まあ要するに私は拾われたモンスターで、拾ってくれたお坊さんや博士になつくように、今も一点自分と似ている師匠になついているのでした。感謝しています。にもかかわらず、……鳴かず飛ばずの十年を終えて折角本が出てもたちまち論争を始め、その後はほぼずっと何らかの騒動に巻き込まれていました。これ、師匠に対してだけは本当に申し訳ないと思っています。

しかもその上にまだ、こんなに勝手な師匠説を書いても良いものであろうか？　とこれを書きつつもふと赤面します（でも書きます、書くべき一点にかけて）。

まあ、いつかはお目にかかれる日が来ると信じていますので、その時にはきっと、師匠にだけはこう、謝ると思います。「申し訳ありません、目茶苦茶してました、しかしそれが私の文学だったのです」、と。

むろん、その時師匠はきっと、生きてお目にかかった唯一の時間の最後と同じに「ああ、君だったか」とおっしゃるだけであろうと思うのです。あの時師匠に付き添っていた「群像」の編集者は、「ほらもう忘れている」といつもの事として敬愛を込めた笑顔になって、……師匠はこうして囲まれて大切にされていたのだな、と今、あらためて気づきました。

それは新橋の第一ホテルで行われた群像新人文学賞の授賞式でした。二時間前に紹介されたばかりの新人作家の顔など忘れておられて当然、多くの人々が師匠に向かって殺到していた。さらにその言葉を聞いてむしろ私はほっとしました。この文学の神様には私と同じところがある、実に、本当に小さい事だけど。

そう、そう、人間の顔なんて土台覚えられない。覚えなくてもいい。私の方は角膜の傷も一因です。しかし共通点としてはおそらく、集中力の使い所が普通と違うのでしょう。ただそれが師匠の場合だけは人と違う観察をさせ、細部に食い込ませ、独特な形で記憶や感覚を文に再現させた。なおかつ人を驚かせる特異な発想を産み、説得してしまう天才になっていった。私は、というか普通にダメな人。その事で人に笑われたり失敗したりするしかないというだけの、まあ欠点です。

あの日読む時間がなくてただ持っていった『凶徒津田三蔵』を後から開いて、驚愕しました。私小説の世界で知らないもののない師匠のお名前を、門外漢というより、ただの馬鹿である私は選考委員として知るまで存じませんでした。

しかし、その時まで名前を知らなかったと私が正直に言うと、人々は嘘だろうと決めつけて怒りました。あるいはいいかっこしやがってと笑いました。師匠の影響なしに私の作品は書けないといわれたのでした。しかし字使いとかはかなり異っていました。

要するにたまたま手に取ったものが歴史ものだった。しかも史実そのものについては縁がなかった、というのに……。

私はその文章を読んで戦慄しました。それまでの私は何も知らない人間の癖に、例えば文学全集を開いてみる時でもいつも人の文章を「なおして」読みました。ここ、違う、ここ句読点、形容詞これ、と。しかし師匠には直すところがなかった。そもそも似ていると言ったって当時の私は、奥野健男先生から文学以前と言われ激怒されているほど文章の基本も何も知らなかった。十年以上経ってから彼に対面したら「君、あの頃の君は、まったく何様かと思ったよ」といきなり言われました。奥野先生からはその当時はもう何も批判されなくなっていましたけれど、やはりそれでも絶対に私を嫌いなままだったに違いないと今も思っています。私の文章を嫌う人は最初からいたのです。無論、鍛えぬいた師匠の文章を嫌いと言える人はなかなかいないでしょう。まあどっちにしろ文章には出会うしかありません。ひとりの人とひとつの文章が会うか会わないかには、その人の心身のすべてが掛かっているから。

当時住んでいた京都に帰ると、近所の小さい本屋さんにでも師匠の文庫本は二冊ありました。この一冊はもう買っていたもの、後の一冊が『田紳有楽』でした。以後私はおりに触れてこれを、『田紳有楽』を読む運命になってしまいました。

ただそのような事はもう少し後でお話しいたします。今はお嬢さんの事をご報告いたします。とてもにこやかでお元気そうでした。

昨春にお嬢さんに再会しました。上のお嬢さんの章子様にです。師匠の私小説の主人公が章、お嬢さんのお名前が章子さんですね。ずっと以前から、もう十年以上も前からその章子さんに、師匠のお部屋や寝室の藤原期らしいという阿弥陀像や、文学館で春に展示される近代文学の方々の動画を、見にいらっしゃいというお誘いを受けておりました。

それで四月の十四日早朝に千葉を出て、師匠のお家に近い浜松文芸館で待ち合わせました。ご命日に催される春の展示に合わせて、お邪魔するのが良かろうと思ったからでした。お仏壇はなくて、床の間に仏像が安置されていました。

すぐに『田紳有楽』の世界だと思いました。いつもそうなのです。師匠に関する殆どの事象を私は必ずこの一語で把握します。つまり、師匠も奥様も仏教など信じていなかったのにここに仏像がある。すると仏とは何か？　おそらく、師匠にとっては仏とは、存在、物質、というか仏像だったのでしょう。しかしそれは中世の庶民だけでなく、教養のある貴族にとってでもそうだったと思います。私は『起請文の精神史』という本でそれを知りました。つまりそれはまさに歴史的であって本質であって、構造のない真実、そう、すべて、「田紳有楽」です。

私が静岡にはいったのはこれで四回目で、一度目は受験でした。他は？　会いに行ったのです。

師匠の亡くなられたあともお嬢さんや縁の方々から、長い歳月、様々な事を教えていただいたり、御本を贈っていただいたりとても親切にしていただきました。

同学年の評論家宮内淳子さんからも六年かけて完成された真摯な作家論『タンタルスの小説』をいただきました。しかし大変申し訳ないことに、どなたにもなかなか会うことが出来ませんでした。

例の病のため、なかなか遠出ができず、四十すぎてからは少し書く仕事をするだけで節々が痛み、家の中が伝い歩きになってしまうような体力しかなかったのです。ことに手書きをすると肋《あばら》が痛くなって腰も上体も脱力する、よろける、という具合で仕事の後で手紙を書く事も出来ませんでした。

外出自体も普段は三日に一度程です。それでお嬢さんに再会するのも随分、遅れてしまいました。とはいうものの一見普通に暮らしているだけに、誤解を受ける事もしばしばです。

そう言えば二〇〇〇年のご命日、藤枝市文学館に師匠の記念碑が建立された時も、なぜか市長さんの後で私がスピーチをする事になっていたそうです。当時の体調は非常に悪かった。行けたら行くけれど欠席の場合があると連絡していただけで、私はまったく何も知らず、当日は当時いた東京の雑司が谷の借間でひたすらに、猫と一緒に嘔吐していました。

しかしその一方これでも、五年間も（週一とはいえ）大学で教えたりしたことはあるというわけでして、……。

電車通勤で千葉から東京まで通ったり出来ました。でもそれさえただもう両手で吊り革を握って、体にバッグの紐をななめがけして踏んばってみただけ。時には夏も全身にカイロを貼り、という状態で、それでもたまたま、家から大学までに階段が少なく、地面から乗れる電車があったから勤まったのでした。しかし、それで悪化したため難病と判ったのです。

というわけで今回は知らない遠いところなので、足を踏み外す恐れもあり目も不安で、編集者のSさん（阿部昭さんは現役編集者の実名も書いていたけど、私はなぜかイニシァル）に付き添ってもらいました。

浜松文芸館は移転したということで、今はビルの一角を占めているだけでした。

優しげでもてきぱきした下石館長と共に佇むお嬢さんに、まず二十六年間のごぶさたをお詫びしました。お嬢さんは最初にお目にかかった時と何も変わらず、爽やかで明るい、訛りのない方でした。高校から東京へ出て慶応の医学部に進み、大学では山岳部と馬術部と自動車部で、活動しておられたと随筆にもありました。モノトーンで仕立てのよいさらりとしたツーピース、彼女の運転するもみじマークのついた電気自動車に乗せていただきました。

この章子さんと最初にお会いしたのは、結局、師匠のお葬式でした。その時のお嬢さんは喪服に大粒の正円真珠のネックレスをして、大きな目を悲しみに見開いていました。上体のすっきりした表情のきっぱりした、黒目の大きい大変美しい方で、同時にお父上にそっくりだと思いました。悲しみの中にも私は驚いたものです。お顔だちは写真で拝見する智世子夫人のように整っていて、しかしぷるんとした唇とぱっちりした黒目だけは師匠にそっくりでした。とはいえ印象自体はまったく違います。ひ弱くは見えないけれど、章子さんには理系専一の透明感があった。

師匠の目に実は愛嬌があり黒目がまんまるく、一瞬蛙っぽくて可愛いという事を私は認識しています。写真の角度で睫毛が案外に長いという事も分かっているのです。唇も分厚いというよりぷるんとしてあひるっぽい。水辺の生物ですね。

そういう師匠の居場所は実はご自宅の庭なのです。つまりその魂は池と言えます。『田紳有楽』だけでなく「土中の庭」を読んでいてそう思いました。

そうそう、今、「土中の庭」を引用しますね。奈良時代以前の庭について、師匠は資料を読んで、……。

まず日本の庭は、家のまわりに小池を掘り、鯉や鮒をつかまえて来て放し、生食糧の貯蔵とすると同時にその泳ぐ様を眺めて楽しむということに始まったのだろう、と書いてある。

なるほど、池の歴史、ならばそれは人間の魂（内面）の歴史という事でしょうか？　師匠は書くべき「自己」などないとおっしゃいました。だけどご自宅の庭の池に始終金魚や鮒を補充して、池は弱肉強食、庭は出入り自由、蛇や蝦蟇までも「家畜」と呼んでおられた。魂のあるべき位置などなく、あらゆる要素が刺激が出入りして、心の中では絶えず交代が起こっていた。ぐらぐら揺れ、外からたえずさまざまなものが入ってくる自分、でも池はそこにある。

その上、池の側にある師匠のユーカリ、それは木でありながら、図式的なツリーにはならない独特の生物です。時間も水分も全ての方法で内蔵して、その中に住む、あるいは訪れる生物達の生命と時間によって価値を計られてもいます。

師匠がなくなられてから二十六年、小川さんが亡くなられてから十一年になります。半世紀も前から私小説は終わったと言われているのに、お二人の作品は健在です。ただ文学というものを様々な言い方で終わったという人々だけが次々と現れ、その人達こそ流れて消えて行ってしまう。師匠の植えた木は、小説は静かに少しずつ枝葉を広げています。文芸文庫も売り上げでは計れない版を重ねています。

師匠の「私小説」は、今では時にスペキュレーティブフィクションと呼ばれています。デリダとドゥルーズを使った論文も出ています。何が、誰が師匠に言及したか、それを青木鐵夫さんのサイトで私はいつも見ていました。猫が好きで、河原で死ぬ猫を埋めてあげるという版画家さんですが、同時に師匠を知る第一人者でもある。

人に恵まれた師匠、春の展示にも地元だけではなく、例年だそうですが遠くから若い男性達がやって来るそうで。今年もまた新しい読者が来て賑わっていました。郷土は師匠の作品を護ってもいるけれど、同時にあなたによってひとつの良い印象を与えられています。

展示室に入ると、師匠がいつも作って気前良く人に贈っていたという印が飾ってあり、判子のお礼状として、丸谷才一先生のお手紙もありました。私はそれを意外に感じました。なぜなら丸谷先生は私小説が嫌いだと聞いていたからです。しかも師匠は誰かからあなただけは私小説ではないと言われても、ずっと私小説であろうとしたから。すると、それは師匠の魂が池であるという事の証拠かもしれない。水をかえても、何を変えても結局はひとつの池、生き物が住む、茶碗が沈んでいる。

その作中の池とつくばいが文芸館の庭に移転されていたという事を訪ねて知りました。描写された通りの広さの池がそこにありました。

池は玄関の横手にある。広さは二坪ほど、浅くて四角い菓子折りみたいなものだ。北の端しを不釣合に大きい花崗岩のつくばいで占領されているうえに、（後略）

師匠、この池はこれから百年後もその底を探られます。

3 志賀直哉・天皇・中野重治・共産党・師匠・金井美恵子・朝吹真理子・吉田知子・海亀の母・キティ・宮内淳子・私……?

これはある神的作家の作品引用を使って書いていく小説である。志賀直哉門下の傑出である彼に、作者は私淑していて、ただ一方的に、今も師匠とお呼びしている。師は、亡くなられてもう四半世紀になる。彼は、私を作家にしてくれた。

真っ暗だった自分の人生を変えてくれた彼との関わり、たった一度対面した記憶、その後今まで自作にうけた影響、彼に関する自分側の妄想空想等、等、つまり所詮は自分の私的内面に発生した彼の幻を追いかけていく小説、の第二回である。

ここに出てくる師匠とは、私の思考や記憶の中で捏造され、彼の残した作品、遺品、書、コレクション、エピソードの中から生まれ出た架空の人間像に過ぎないのである。

しかしそんな「真実でもないもの」をなぜ書くのか?

それはむろん、師匠が「真実」に恵まれすぎているからだ。

というのも師匠は、「近代文学」や「群像」を代表する作家で、そもそも旧制高校での親友が平野謙と本多秋五、この二人が競争で彼について論じた。さらにご遺族によってもっとも優れた読者とされたのが埴谷雄高、その埴谷が作品解釈において後を託したのが小川国夫、という良環境である。

その後も彼のテキストに正面から取り組む優れた評論が（言うまでもないほどどれも素晴らしいので名前を、いちいち挙げないけど）輩出しているし、師匠の死後も、新しい哲学を使うものが、ゆっくりではあるが着々と出ている。また、彼を知る人々の手でその生活や日記は、二つの文学館を中心によく保存されている（しかもご自宅から時々、新資料が出る、宮内淳子氏がたちまちチェックされるようだ）。

要するに私に出来る事は（仮に出来たとしても）落ち穂拾いでしかない。何より今まで彼について書かれている、戦争、家族、結核等は、私にとって手の出難いテーマばかりである。ただ『タンタルスの小説』が師匠の作中の土俗を残してくれている事や、私と師匠のいくつかの身体的共通性（師匠は男なのに）から来る、生き難さを考えた時に、私には評論でなく出来る事がまだあるかと考えるようになった。なお、随分昔から、なぜか、不思議と私は彼について書くことを期待されていた。

例えば、もともとまったく疎遠であるし、今はもう完全に政治的な方向性等違っているけれど、富岡幸一郎さんから書かないかといわれた事があった。

しかし師匠について彼に依頼された時、実は断った。七十過ぎてから書くと答えた。ことに、当時は、先行する評論家に恥じないものを書かなければならないと思い込んでいたから、何も出来なかった。しかも老にして雄ならば、性別はともかく、せめて師匠の老が判る年齢になるまでは待とうと思ったのだ。ところが五十六歳の二月、自分がそういう平均的な老化を辿れる体ではない事を思い知らされた。

ある日激痛で立てなくなり難病と判った。しかし思えばその症状は十代から少しずつ悪くなったものだ。もともとから私の体には本当に人と違う変なところがあった。いくら話しても他人に通じない症状が満ちていた。それはリウマチと筋炎と易疲労性である。その他にもともと角膜に小さい傷も沢山あり、それらを併せると、けして障害があるとは言いがたいけれど、何かと不具合で難儀な体、という事になった。

とはいえ病名が付いてからは薬のおかげで、増悪時、最悪の何週間かは曲がったままになっていた手も正常に伸びたし、様々な作業も出来るようになった。ただその薬の副作用で骨が老化してすかすかになる。無論それを防ぐための薬もずっと飲んでいる。しかしその他にもいろいろとこの薬には恐ろしい副作用がある。

覚悟したのはこの病と一生使うしかない薬の作用で、自分が人より早く老けていくしかないという事実であった。ならばもう七十だと思って書いてみよう、と。ところがそれをいざ書くと決めたときには、最初に思っていた正攻法では、書きたくなくなっていた。自分の私小説的な自由な見方により、師匠についての勝手な持論を展開していくというものに変容してしまっていた。

本作は師匠の文章の引用をその中核とし、さらに、重要なリアリティまでも本人取材ではなく資料や作品の引用で示していくものだが、にも拘らず、研究ではなく、論考でもなく、しかも評伝とは言えないほど偏ったものになってゆく予定である（というかすでになりつつある）。しかしそれにしても私はなぜこんな偏った書き方をするのであろうか。それは資料、または創作の素材としてまさに偏った貴重なものしか使っていないからだ。というわけで前回の最後に、資料を書こうとして書けなかった理由をもここになんとか書く。

私は、師匠のご家族、或いは藤枝文学舎を育てる会の方から頂いたお手紙、浜松市の広報、浜松文芸館で直に見せていただいた新資料などを使っているのである。というか、最初は自分にもっと偏った規則を課そうとして、「自分の書斎の中にある資料しか使わない」などと思っていた。すると、全集の他には、リアルタイムで読んだ古い「群像」（「虚懐」が巻頭でその隣に小幡亮介さんの三作目が載っている）も当然だが、「ほら、あの人黄瀬戸好きだったからこれあげるよ（ただし遺品ではない）」と師匠の担当だったAさんが手渡してくれた福禄寿の香合とか、「一字だけ抜けているので僕が貰ったけど今はあなたが持っているほうが」とやはり担当者だったHさんから頂いた彼の色紙までも資料のうち、と思えてきたのだった。無論ご遺族からの写真葉書の文章だけでなく、その絵葉書の表側の、仏像の写真などまでも資料と決めてしまった。だってそもそも白樺派の残党を自称する師匠に関して、彼のグラフィックな関連物を資料と呼ばずに済ませて良いものであろうか。

というわけでこれは結局論考と違う、引用小説である。なので刺激を受ける事物と引用資料の境界が曖昧になるしかない。

とはいうもののその後私は結局、書斎の外に、静岡に出た。すると浜松文芸館の館長さんがガラス戸の鍵を開けてくださって中を読むことが出来たノートの、内容だけではなく（そこには安部公房と柄谷行人への言及があった、一枚一枚、写真を撮ってきた）、その一見地味な灰色のノートの表紙にさりげなく付いていたキティの顔、この顔がむしろ資料だと思えてきた。むろんそれで師匠が童心を持っていたとか、そんな一番馬鹿な評論家が言うようなくだらない事を言う気持ちはない。お孫さんから貰ったものかもしれないのだし、師匠は外科医っぽくすっぱりしていたというから、そんなのいちいち気にしなかっただけなのかもしれないのだ。なおかつお医者さんは幼い患者さんが見て喜ぶように、自覚してキャラクターグッズを持っている場合がある。私生活でもふとそうしたのかもしれない。つまり永遠に、幼い二人の娘の父親である彼としては。

その上で、同じその日にお嬢さんから伺った談話やその内容は当然として、その他に彼女のやはりきっぱりして外科っぽいさわやかな声も資料に思え、何よりも御自宅で「この墨を私が磨っておりました（観玄虚の額、その時期を確めてみたら家にあるHさんから頂いた色紙とごく近い頃だった）」、とおっしゃるその存在自体が重要資料だと、要するに、……。

すべてわざとやっている事であるとお断りしておく。なんというか人々の好意に包まれて書いているので逆に時々不安になってしまうから、ついこう言うのだけれど。

以前、まったく会ったことのない森茉莉をモデルにやはり創作にすぎない「幽界森娘異聞」という小説を書いていた。その時もあちこちから電話等でエピソードを教えていただき、金井美恵子さんからは中村光夫氏の資料まで頂いた。しかしその一方本が出たあと、ネットで茉莉の研究者ではない国立大学の先生から嘲笑されていた。――新資料もねえのにな、何の意味があるんだよと。

だが、しかし、「参照」とは何だろう？　例えば茉莉についての記憶を語ってくれた人の表情、ある編集者から見せてもらった本人のメモの紙質（それはおそらくストッキングの包装紙で、つまり別に汚いものではない、新品の白紙に書いてあった）、或いは下北沢まで出掛けてたまたま入った蕎麦屋さんが実は、茉莉が猫用の鰹節を貰う店であったという事実、それらは私の、小説の新資料になっている。

研究ならテキストに出ていることだけでするしかない。例えば、当時の版元事情や筆で食っている人間なら一発で判る事実などを、うんざりするようなあさっての方向から大量の文献を使って執筆して、しかもそれで類推しか出来なくても文字の資料さえ並んでいたら立派な研究だ。その一方、まあ、だからと言ってマスコミにいる自称研究者などが作家の年表の空白部分を勝手に埋めて、妄想を展開して書いた評伝などという、問題外のものも存在するが、（むろんそんなものはぶん投げるとして）しかしそれでも時には、空想や妄想と明示した上での作品引用小説というものを書いても、いいのではないか。但しその条件とは何か、……。

徹底した擁護とリスペクト、そこが必要で絶対だろう。

それ以外でこの手を使ってはいけない、と私は思っている。

というのも、……資料に使おうかどうかと迷っていた本が一冊あった。しかし使わない事にした。それは師匠のデビュー作の年齢が誤植でなく（つまり表現して書いてあって）

一年違っていた。しかしそればかりではなく師匠に対するリスペクトがちょっとだけ足りなかった。もしかしたら空想入っているかもしれないと思って、だから使わなかった。

ところで第一回（P65まで）で私は、冒頭に師匠の「私小説」『空気頭』、の中の、瀧井孝作に関する記述を引用した。その他にも次々と引用した。今回が連作の第二回（P66から）である。

そして、この第二回（と第三回も）では、そういう師匠の残した、天皇についての記述を引用して、とりあえず、まず目の前のあの不毛な改元について追いかけてみる事にする。かつて師匠の危惧した人間天皇のあり方や天皇の発言への怒りを引用していく。その事により今たまたま生きている私の、私小説的な現実（新元号）への違和感と、今も、生きている師匠の、怒れる、永遠の文章とを並べてみて、今の時代をとらえる。むろん、小見出しは師匠が「心覚え」として書いた論考「志賀直哉・天皇・中野重治」のアレンジである（ちょっとだらしないけれど）。

なお、この天皇から目をそらさぬ「心覚え」、特に後半からが、もしかしたら、師匠の志賀さんに対する師匠説になっているかもしれないとも今は、思う。（とかいいながら実は、師匠が引用の名手だったこと、それが急に怖い。例えば『空気頭』、佐々木基一氏の許可を得た上で一場面全部引用している、さらに「欣求浄土」の中の映像描写全部、これは無断引用になっても平気だと対談で宣言しているけれど、しかしまあ文章でしたのだから描写ですむだろう？　そう言えば「春の水」でもそうだが、見た映像〈つまり海亀の母〉をそのまま書くのなど師匠は得意である。しかし私にそこまでの太っ腹な引用が出来るであろうか、実際、一杯やってやると思いながらも、やはり自分で書かなくてはいかんと焦って、結局ついつい、行を切ってしまう。そもそも師匠の「志賀直哉・天皇・中野重治」にしても、大半が人の手紙と要約であり、その大胆な引用っぷりはなかなかそのままにはまね出来ない、というかだいたい師匠のペンネームは名字が地名の引用、名前が友達の引用それでも平気、まさにすっぱりした性格であり、同時に何も恐れないという強烈さであって、……）

怖いと言えばその他に今回は彼の、東京新聞文芸時評も引用するから特に、……これ既に半世紀前の「時評」である。しかしけして古臭くなった季節物ではない。

というのも引用名人である彼のこの文は、引用され、引用されて世紀を越えている。私が見ただけでも、例えば久保田正文が著作集月報で引用し、朝吹真理子氏が文芸文庫『志賀直哉・天皇・中野重治』の解説において引用している。とどめ金井美恵子さんが『カストロの尻』収録の「小さな女の子のいっぱいになった膀胱について」において、やはり

「志賀直哉・天皇・中野重治」とともに……。

さらに金井さんは、朝日新聞の改元に関する、その無視随筆においても引用していて。要するに改元、人間天皇と言った時には結局、彼しかない。こうして必ず出てくるしかないのである。——というような重要なこの時評を、師匠は半年間担当した。引用する箇所は昭和五十年、十一月分の冒頭部分である。おそらくは次の改元の時にも引用されるのだろう。立憲君主の人間性についての問題は、まだまだ続くからだ。

師匠の文章の半世紀にわたるその長持ちぶりとかけがえのなさに私は驚嘆する、と共に、この文章に描かれたシステム自体が長持ちしている事もけして見過ごしてはならないと思う。

ところでちょっとここから少し余談的、師匠説になるが。

師匠の引用ではなくて、つまり師匠を論ずる朝吹真理子氏と、金井美恵子さんの師匠写真のとらえ方について引用してみたい。というかそれもまた師匠の「グラフィックなもの」についての、引用だから。まず朝吹真理子氏にとって師匠の顔つきとは何か？「知的なたこ八、といった風貌の著者近影をみるといまだにギョッとするのは、藤枝静男は身体も顔もなくてよいと思っているからかもしれない」。

文芸文庫の写真は本当にそうで、知的なたこ八に見える。老にして雄にこだわった写真選びだからか？　一方金井さんは著作集からで、しかし著作集全六巻の写真は一枚一枚違う。

（前略）「月報」の書き手の多くが「男性的」や「雄々しい」という言葉で語る、文体と作品と肉体の持ち主であったらしい著者の、思いの外に肉厚で肉感的な唇へ白髪の口髭がたくわえられているが、太目の黒い縁の眼鏡の印象のせいもあって、若々しくも見えはするけれども、著者六十八歳の精悍とさえ言えそうではあるものの、やはり老年の男性の写真を見ることになって、つい、十日程前六十八歳になった私は、説明のつかない狼狽とも違和感ともつかない気持になるのだった（後略）。

しかし師匠の容貌を、一度でも実際に会って見た私は、要するにただもう、ただもう医者らしい（すでに廃業してはいても）、としか思わなかった。そこには、見て困るような、邪魔になる肉体というのはまるでなかった。つまりは縦にみても横にみても男性の気配が消えた、大変感じいい白髪のお医者さん。会ったときの師匠は確か七十三歳だった。真っ白の髭、今思えば銀座仕立ての紺色の背広、杖をついていたしそんなに強そうには見えなかった。

あるいはあの杖を竹刀にして「教官」をたたくのか、しかし、「春の水」の頃と違い「壜の中の水」の彼は喧嘩しなさそうで。

知的なたこ八、と肉感的な精悍な老人、というのは一見違うもののようだけれど確かにどちらも、見たくないものかもしれなかった。朝吹氏は、無理に見なくて、肉体がなくてもいいと思い、一方細部を敢えてしっかり見た金井さんは狼狽《ろうばい》した。（そう言いながら金井美恵子さんの細部への目が私は結局好きだ——注）

ただ、写真は本人とは違う、と私は言いたい。というか私が見た本人と一番近いのは生誕百年のポスターである（その写真は作家として充実していた頃、とお嬢さんのお葉書にある、表がクマガイ草の花の、写真絵葉書）。さらに本人よりかっこいいと思ったのは、一番最近のやはり浜松文芸館のポスターの、ソフト帽を被って煙草をくわえている、ロックっぽいというか不良っぽいもの。師匠は随分いろいろな帽子を持っている。しかし実際に会ったときは何も被ってなかった。

覚えている。場所は授賞式会場のロビーである。ほんの短い間だけれどそう言えば師匠は、私に一度怒った。しかも急に激怒してきたのでぎょっとしたし怖かった。但しそれは師匠の「いろいろ欠点も言ったけれど」という言葉に対して私が露骨に失礼な言い返しをしたからであって、カッ、という感じで、今までくるくるとしていた蛙っぽい黒目が見開かれて、唇がへの字になったまま髭からざざっと浮いて、顎《あご》もたちまち少しだが持ち上がったのだ。それは触角が出るような反応であって、人間というよりはやはり水棲っぽかった。トカゲとかだったら嚙むのかもしれない、というような（私はエッセイではずっとぼかしていたけれども、実は、これが真相）。

無論、こっちはけして師匠を舐めているのではない、急に走り出すドラゴンとかそういう感じで畏怖している。猫がパチンと叩くのとはまったく違うし、ザリガニの急浮上のような攻撃性はない。しかし静かな穏やかな白髪のお医者さんは、いきなり一秒で爬虫類化するのだった。と言っても、よく道で不自然にぶつかってきて睨んだり、電車の中でいきなり怒鳴ってきたりする嫌なおっさんとはまったく違っていた。どころか真逆もいいとこ。つまり加害者を怒鳴ってくれる人のような天性の怒り方で、普段は品のいい静かな人に思えた。

とはいえその時に怖かったせいか、或いは師匠に失礼なと後で思ったせいか、何を言ったかを今の私は忘れてしまっている。しかしきっと、私は脅えた顔つきをしたに違いない。その上ついつい、何か激しい動きをしてしまったはずだ。例えば椅子の上でぴっと身をすくめるだとか……。

すると師匠はなぜかぎょっとして触角を引っ込め、また元のように医者っぽくなっていた。そして少し笑って、確か良いことをいってくれたのだ。とはいえ、……。

普通にお医者さんなら例えば、「おお」と言ってちょっと困ったように笑うところで直に、彼は激怒した。その激変と、相手を選ぶのではなく、公平にカッ、となっているのが当時は独特に見えたものだ。しかし今は思う。あれは絶対文学の怒り方なのだろう、というのもたった三十分程の間なのに、彼はもう一度怒ったからだ。

ロビーに編集者が集まっていて、他の選考委員も到着して、他の方達が師匠に挨拶して、少し会話してからそこに残る人と、選考委員の控え室に行く人とがいて、……。

田久保英夫さんが到着した時、……彼はちょっと固まって、引く感じで素早く、師匠に挨拶した。すると、師匠はカッというよりも、片方の肩を上げて、おっとりと相手に視線を投げ、程なくぐぅーっとした睨みで、杖をつき立ち上がり、「先日は、失礼した」と、少し曇った声になってから、そのままの姿勢を保って、なんというか挨拶モードを解かなかった。ここでは最初からもう怒ってやろうと思って自覚的に怒りを出していると見えた。顎も上げたまま、怖いというよりただもう激烈で頑固な印象。すると田久保さんは当時の私の目に流行作家風な（ノーネクタイ）白の上下を着ていて、師匠よりはるかに体格が良く、目をらんらんとさせて顎をはっていた。とはいえこちらはぐぅーっという怒りを湛えながらも激しい我慢をして、目上に対するお辞儀をしたのだった。だけどやはり固まるのは治らない。双方しばらく、師匠は杖をぐっと突いて顎を上げているし田久保さんは目をらんらんとさせてお腹を突き出しているし、……。

どっちもずーっと怒っているな、と何も判っていない私はただ眺めていた。

順序が変になるけど今ちょっと「志賀直哉・天皇・中野重治」のごく最初の方を引用してみる。


（前略）中野重治という強情で個性的な人物が、志賀直哉という同じく巌のように強い個性と力量を持った芸術家にむかって、まるで相手の懐に頭をおしつけてごりごり揉みこむような気合いで迫って行く光景が思い浮かんでくるのである。


というのはこれ師匠の引用における中野の志賀批判「「暗夜行路」雑談」の戦いっぷりを見ての感想なのだが。この「心覚え」中において師匠は、共感し得る中野と神様志賀さんの板挟みとなり、なんとかして二人の深層に和解を見ようとする。

これが文学的自我のぶつかり愛というものだと、今は少し判るような気がして言うけれども、要するに、二人とも文学者としての自分というものが、そのまま自我、全身のぶつかりあいになっているという立ち方である。

師匠という方は、志賀さんと比べるとまだしもおとなしくて優しいところがある。しかしもともとはそっくりのところがあったのではないか。なるほどその育ち方も結果もあまりにも違う。でもそうでなければ、結核と貧乏と厳しい欲望の制限の中で、師匠が志賀さんに引かれる事はなかったのではないか。


文学をやるという事は自分を作るという事、私小説はことに、小説の自分と実在の自分、その両方を厳しく全力で作ってゆくしかない。

というとなんか人ごとのようだが、いい年をして私でもまだそれをやっている。というか最初に師匠をカッとさせてしまった。あれがもしかしたら私の文学的自我かもしれなかった。

とはいえ、当時の私は無論目の前で起こっている事に何も気づいていなくて、「何か一番賛成してくれた人とすごく反対していた人がまだ怒っているのかも」としか思っていなかった。しかもこの田久保さんに対して少しはびびっていてもいいはずなのに、何も判らなくて珍しがって見ていた（ところがその後、世紀が変ってから本格化し、私が背負わざるを得なかった論争について、田久保さんは判ってくれ、味方してくれた）。

当時、無論今もかもしれないが、私は鈍感で、というより基本、人間のする事も言う事も、殆ど判ってなかった。また相手の内心などはことに、まるで把握出来ない。特に、意地悪をされている時などがまったくよく判らない。確かこの日二次会の文壇バーの帰りに、生まれて始めての文壇意地悪を私はされたのだが、それだってこの年になっても、一体どういう事情だったのかよく判っていない。まあバーの中ではそれは起こっていなくて私は変わってると思われてすごく受けていた。その上なんか私に文学的結婚を申し込んだ人までいたのだが、しかし結局、私のとなりが嫌でゴミ箱の上に坐っていた人もいたわけであって、……結果、帰り際のすきをついて（別にセクハラとかではなくごく普通のもの）人が散ったところでふいにやられたのだ。

そう言えば師匠が精悍なんて思った事もない。あの時は直に怖かったけれど、こっちがびびるとふわりと気配が消えて、たちまち白髪のお医者さんに戻っていた。こちらも若い女性というよりは何か変な生物だと思われていたに違いない。だって師匠は最初に私の顔を見た時、お、変なの来たね、みたいな引いた表情になっていたからという、……。

仕立ての良い背広を着た小柄な人物の手が、案外に大きくてがっしりしていたのは覚えている。ならばそれを精悍というべきなのか或いは雄っぽいと判定すべきなのか……。

さて、改元反対デモはきっとあったのだろう、でも国会前二十万人というようなものではけっしてなく、キリスト教徒や反天連が怒り、だからと言って十字軍の旗立てて皇居前にテント張って三十年間トラメガで叫ぶというものでもなく（やっていたらごめんね）そうして浅田彰が冷笑していた土俗にまたも灯が灯った。——三十年前皇居の前で泣いている人達を見て、かつて土民呼ばわりした、そんな知識人の冷笑は無力なだけじゃない。笑っているやつこそ本物の土俗で自己分析が出来ない程、怖がっている、またはかたまっている。つまり殴られるのはけして俺じゃないからとか思いながら、愚民が愚民がとかいいながらただもう逃げているだけだ（そもそも愚民であろうが何であろうが国民は国民だ。平等な人間だ）。そうして？　自分だけはこの三十年間透明で客観的でウンコもしてないと信じたまま、天皇制がまた通るところを笑ってみている知識人連中、それはフランス語が得意な植民地の小役人も同然である。ところが一方、……。

文学は師匠は、その土俗を覗き込む。しかも今までさんざん徹底して書いたリアリズムの力量を全て投入して、白黒はっきりしたなおかつミクロ政治学な文章でやってのけるのだ。無論、それは『田紳有楽』の事をいっているのだけど。そういう目で師匠はまた天皇を見て、捕獲されないようにカッとしてみせるのだ。いや、ぐぅーっとして見せるのか、……。

師匠は天皇制をそのままは攻撃しない。なぜなら、人間が一筋縄でいかない事をしっているからだ。同時にあの天皇も人間だ、という捕獲装置的な視点を彼は知り抜いている。だからやってのける。

だって、……人間天皇と唱える本当の必要性は何か、それはその時に人間ホームレスとか人間被災者、とか人間共産党員とか、ことに人間女性とか同時に言うべき事が沢山あるからだ。そのために天皇は人間になった。全部の国民をきちんと人間扱いにするため。ところがなんというひどい世間のもとい、マスコミの言説の変わらなさであろう。

権力のシステムにたったひとりの人間をぶち込んで可哀相可哀相心温まる微笑ましいとかなんとか言い募って、その事によって「権力も人間だ」、「基地も人間だ」、「原発も人間だ」、「消費税も人間だ」と言わせるだけなのである。そうやって国民の体をただのガイコツに構造に、化してしまうのだ。それで、ない事にされたその内臓や血管や結合組織に一体何が起こるかという話である。なおかつそんなガイコツ同士の平等とは、強者が弱者の子宮や傷口を殴ってもいいという、骨だけにされた世界。個別の痛みや弱みから意味を奪ってしまった環境である。

むろんガイコツというのは便利なもので、権力対人民とかそういう構造で切って捨てるだけなのは簡単で楽という話である。しかしそれだと結局誰も救われない、それにしても……。

人間天皇とは何という危険思想であろう。というか世界各国の王室たちはいちいちそのようにしてもうガタの来ているはずの君主制にやきを入れて、再危険化して、生き延びて来た。君主はもう神をやめ、やたら人付き合いが良くなっている。世界平和に尽くし(?)、下層や弱者に優しく、立憲民主主義者で、災害の時はそれにふさわしい姿で見舞い、しかし逆に……。

君主が神だと言い切れば、人民は安心して違うと叫べる。そして人間ではない相手をやっつける事も出来る。だけど最初から人間だと言ってしまっている相手に対して「なんだ、ただの人間だろあんた」と反撃する事はもう封じられている。つまり、ただひたすら、紛らわしい。

ところで、……吉田知子さんが同人誌「バル」を送ってくださった。「群像」読者ならばご存じのはずだが、浜松出身で師匠と親交があり、師匠に見いだされた作家である。彼女の作品を私はどれも好きで特に代表作の中では『お供え』が好きだ。「バル」には吉田さんの他に清水良典さんが随筆を書いている。その編集後記に平成についての記述があった。どなたが書かれたのか判らないけれど要約すると、平成という時代が印象にないと、……そう、そう、そう言えばそうなのだ。ただもう、こんな日本では無かったと思いながら、規制緩和で貧乏になっていって最後にＴＰＰが来たというだけの。

今私は千葉にいるわけで、町内には特に国旗を出したりとかそんな家もない。だけど昭和から平成、昔八王子の女子専用マンションにいた時は、そのマンションのオーナーの家族は黒の帽子、ストール、喪服のドレスで、大喪の礼を、（上からではなく）路上で見送った。その三十年前の改元の時、私はなにをしていたか？　私は「なにもしてない」という小説を書いていた（しそこに書いたような日々であった）。お金はまだ殆ど稼いでいなかった。あれから三十年、途中で大学の先生を（と言ったって猫が死んで淋しかった時に招かれてゆき、少人数に小説の書き方をおしえて小説家の苦労話をしていただけなのだが）五年していたりはしたけれどもまたその五年以外はだいたいアクロバット的な貧乏ではあったけれど、（でもその大学も別に行かなくても食えた）ともかく小説家だけで立っていたのである。つまり生活費や猫の薬代や途中からは、住宅ローンも小説を書くことでずっと払ってきた。

むろん、それで食っているとどうしても小説をひねり出さなくてはならない時期というものがある。――そう言えば、……「はした金と引き換えに」という罵り言葉で、私の書いたものが気に入らない人間がネットで嫌がらせをしているのを見た事があるが、なんだろう連中は親と円満に暮らしている都心のビルのオーナーのご令息ででもあるのだろうか。はした金っていう金があるのかよ。おっしゃれなお言葉の使い方だなーって、思ったりしたものだ。——ところで、あの時、平成のはじめ、ついに親から見放され筆で立ってゆくことになって、すると、なにも賞もとってないのに担当は原稿料を一枚数百円値上げしてくれた、伯母のひとりが引っ越しの祝いと言って十万円くれた。

自活とともに追い出された女子専用マンション、だまされて入った新しい住まい、それは街道と街道の交差点の上の、振動でガラスが割れていく部屋であった。頭を抱え、耳栓をしていても、……。

私はそこの狭いものいれに米十キロウイスキー二リットルを詰めておいて生き延びる事が出来た。

無論一方、だからこそ例えば師匠のこういう意見（引用）を私は正しいと思うのだ。この師匠にしか言えぬ言葉である。彼以外の一体、誰が言えるだろう（『今ここ』所収「日曜小説家」より）。

仕事に賭けるという言葉がある。商売に身体を張るともいう。素人が甘ちょろい考えで良心的だの何だのと、所詮は旦那芸に過ぎないじゃないか、こっちは生命をかけてい

るんだというい方もある。全くその通りという他ない。けれども私から見ると、

ここで一端切るそれから続く一行に行く。つまり師匠はまったく何の悪意もなく、貧しくとも可愛がられた次男坊の声でこう言うのだから……。

それならもう少しマシな仕事をしてもらいたいし、ひとつくらい生命を賭けた痕跡の見える作品を読ませてくれてもよかろうといいたくもなるのである。

これは、時に一日四百人の患者を見てきた、その上であれだけ書いてきた師匠の、何のかけ値もない心からの声である。しかし一方、自分はひねり出して書いていくしかないと思ってもいる。というのも、師匠と違ってこっちはまるっきりの専業であるから（とはいえ師匠は別に私達に冷たくはないのである、自分の原稿料は高いけど他の人のは心配すると対談で発言、そして「あの人たちは本が売れるんだな」と納得するのだった）。

さて、この（平成記念？）原稿料値上げの結果、私を食べていけるようにしてくれた小説、「なにもしてない」、当時自分の病は普通の接触性湿疹だと思い込んでいた主人公が、一連の儀式と並行するように湿疹をかきむしる、というだけの私小説である。というと、

ただ皮とリンパ液が飛び散っているだけの（しかし今思えばそれは難病の膠原病であの時点で既にけして痒みだけではなかった、発熱、悪寒、全身の炎症、筋肉にも関節にも症状が出て、結局肋が痛くて立てなくなっていた。なのにそれを鬱だと思い込んで、医者に行けないのを自分の意志で行きたくないだけだと信じていた）作品のようだが、実は並行して、実家が伊勢でたまたま帰省時に乗り合わせた即位関連の皇族の様子や、八王子東京伊勢の警備の様子などの見たものが、全て書いてある。例えば大喪の礼からもう、……。

ご近所のどことどこに警官がいたか、その後に駅で出くわした当時の爆破テロの痕跡、あの時すでに、過激派さえ乱暴はしていた癖にそれでも、いかにも予定調和的に見えただとか、神宮親閲の儀の時も警官がどことどこにいたか、伊勢神宮近辺の家の近くも、警官がどことどこにいたか。

その他にはゴミ箱がどのように使えなくなっていたか、今読み返すと立派に改元小説である。文庫になって、今も生きている……。

つまり元号についてと天皇については三十年前に既に書いているのである。

なのにこの前改元小説を書けという依頼が来た。戦争反対のキリスト教徒の人からというのだが、無論、人の既に書いたものを読まないで頼んできたのだし、小説依頼なのに論争料金（戦いがしたくて、時には正義感で書くので最悪無料あるいは通常の六分の一）なのでお断りした。つまりすでに前の改元で燃え尽きているのでね。

そもそも九月から、通常料金を払ってくれるところも含めてだが毎月毎月、論争文または論争小説を書いていたのである。すでにぎりぎりである金欠の酸欠。しかしまあ、……相手方はただ断られたと思って円満に引いていった。というのに、仲介した人間がほほー逃げましたね先生、みたいな事を不用意に一言言って、普段は仲良いのだが大喧嘩になって、一晩中こっちはメールで罵り倒し、次の朝から、つまり出社して気付いた相手はずーっと謝っていた。

しかしものすごい腹立ったし秋からずっと疲れ果てていたのでぶっ倒れてしまった。

そもそも本気で年号をなくしたいのだったら平成から三十年計画で（私への納得ゆく依頼含め）ちゃんとやってくれる？　というかつまり私は、このまま師匠の師匠説を続けてゆきますよ。だって、こうやって書いているうちにほーら見た事か私小説（師匠説）の力、こうして作中に現在が令和の不毛さが流れ込んでくる。すると、私小説（師匠説）はたちまち天皇小説にも化ける。要するに文学はこの問題について書いてないとか得意になって言う人、もし今探してもないとしたら、例えば三十年前とか半世紀前に書かれたものを探すべきなのだ。ていうか、それでも無かったらマスコミが書かせないからだと思ってくれ、あるいは書いていたら飢えて死ぬ位安いところしか頼まないからだと。

平成からゼロ和、それはＴＰＰ発効直後のリセット元年だ。人間天皇はもしかしたら、稲作が目茶苦茶になる事を知っていて絶望して、退位されたのではないだろうか。

その上三十年前と同じようにして、今政府がさまざまな儀礼や、ファミリー物語で国民の人間性をいくらたぶらかそうと試みても、既に結局みんな貧乏過ぎて、何にも反応しない。地方はただもう規制緩和で冷えていくだけ、冷えはじめてから既に二十年近い。国旗を出そうにも街道沿いの店はシャッターだけ残して消えてしまっている。或いは東京はそんなでもないのかもしれないけれど、ここの北総の県民には喜んで踊っている余裕など無い。要するに私にだってこの改元を無視する権利があった。三十年前に書きつくしたから、すでに『三冠小説集』という文庫に入っているから。ていうか改元なんぞ、黙殺上等、……。

改元、それは基地も原発も自由貿易も隠せる、便利なぺらぺらの紅白幕、政府は今きっとここに隠れて何かひどい法律でも通してるに違いない。それは多分、専門家が見ても一瞬では判らないような何かひどい法律。隠されたそれを見なければならぬ、改元などスルーして、真実を報道しろ。

その上に連中？　読まないで言うんだな、文学は、文学はって、どこにでもそんなやつ昔からいたけれどどうせ今もきっと読まないで「文学は年号について何も言わない、僕は文学は判らないし読まないけど」って言いながら、こそこそこそ、サブカル年号の本でも出して生きているはずだよ、ニセ文学は。

というわけで（さあお待ちかね）発表半世紀後もまだ、師匠は怒っていたという引用まで、ついに私の文はたどり着きました。それは私がただ一度会った時にさえ二度もカッとしていたすぐにカッとする彼の怒り。それは半世紀も前の怒りなのに少しも褪せることなく、世紀を越えていく（さあ、引用だ）。

これは文芸時評ではないが無関係ではない――天皇の生まれてはじめての記者会見というテレビ番組を見て実に形容しようもない天皇個人への怒りを感じた。哀れ、ミジメという平生の感情より先に来た。

当然といえる、だって彼は記者からの質問（戦争責任について）に答えがたくなった時、「そういう文学方面は研究していない（これは師匠のでない引用）」と答えたのである。そんなの怒るに決まっているでしょう。

あれで人間であるとは言えぬ。

そう、それは、人間の問題、なので「無関係ではない」と彼、言い切ったわけで。は？文学に政治を持ち込むなだと？　しかし文学と何かを分ける事が既に変なんだよ、というか文学はすべてだ、と師匠は思っている。文学は人間の根幹であると。

文学の自分、それは師匠にとっていくらでも好きなだけ怒っていい、自分の財産。むろんその怒りをうっかり弱そうな物に向けたと気付けば彼はすぐ引っ込める。でも相手は天皇、こういう時、私の師匠は何も恐れない。だって文学の自分だけが本当の自分だから。

彼にとって子供の自分、医者の自分、父親の自分、夫の自分は確かに存在したけれど。それはどこかに優しさというか、借り物感があった。

なのでいつだって文学の怒り方を彼はするしかなかった。どうしてか、おそらく志賀さんと出会ったからだ。

その上そもそも該当する発言は、文学のオタサー呼ばわりなので、こうなると師匠の人間性は全否定されてしまう。存在そのものも。

なんたってそんな暴言を、……戦前の五十日超を官憲に殴られ続け、その結果同窓生よりも遅れて医者になり、その後は一日四百人の眼球を見てきた人間が、聞いてしまったのだ。

文学は生命の本質である、と師匠は思っている。その本質とは何か、骨格ではない。結合組織全部の中に包括された迫力、蠢《うごめ》き、池、痒《かゆ》み、であり、セザンヌの色彩であり、志賀さん、である。彼の本質とはすべてである。そんな師匠の優しさとは激烈さでもある(解説する)。——師匠は激烈に雄っぽい肉体を持って生まれ、その上で子供の頃におとなっぽいきれいな女性(父親の実家の旅館に呼ばれてくる芸者さんたち)に優しくされる事さえ禁じられて育った。父母は抱っこして可愛がってくれたけど、その教育は彼を女性に対して消極的にさせた。結果、彼は弱いものにやさしく、癇癪を抑える人間に成長した。とはいえ、思春期の彼は自慰までも悪いこととしてなんとか自分自身を罰しようとし、その延長線上にある一生を送った。

結局彼の自我は、他者を思って犠牲を払い優しく点滅する「私」になった。弟に食べさせ、友達をかばい、平野謙に対しては姉のようで。

この点滅する師匠の優しい自我を持って、志賀さんの強烈な自我の前に立つと、彼は自分のあいまいさ(他者と共存できる、調和、共感能力)に悩むという至上の、揺れを生きるしかなかった、けれど……。

題名に「志賀さん」、とついたエッセイを見れば判るように、師匠はやはり志賀さんに似たところがあった。それはカッとするところ。白黒はっきりのところ。無駄のない文章を書いても何か異様になってしまうところ。とはいえ最終、志賀さんとは違うところで、彼は完成し別の才能になったのである。だってカッとする自分を持っていても、師匠の場合そのまますっぱりとは、カッと出来ないから。怒りは押さえられ本人の内面を貫く。自分の性欲の処罰へと向かう。

志賀さんはカッとするけど、食事するときに芸者さんを呼ぶ男、一方師匠は……。

なんというか志賀さんは（次男ではあるけれど長男はすぐ死んでいて）お坊っちゃまで家父長当然の男、しかし師匠は父親に可愛がられてそだった霜焼けのかゆいやさしい次男坊だ。抱っこで寝かしつけられながら霜焼けをかいてもらう猫のような師匠。本当は養子に来て欲しかったと言われながら、浜松三大名眼科のひとつを受け継ぎ、跡取り娘の看病を三十年超、不倫はしない。お嬢さんたちの教育パパ。

例えば阿川弘之先生はカッとする事により、人より余計に松茸を食べる事が出来た。誰に憎まれようがそこにはカッとする事の立派な根拠がある。というか自覚されぬ欲望より強いものはない。ところが師匠にはそれが出来ない。あの時、私に対してさっと怒りを収めてくれたように。相手がびびれば、癇癪も止まる。でも、それならもともとの激烈さを一体どうすれば良いか。それはきちんと押さえられる一方で、自分の外に求めうる憧れに変わった。彼にはけして特権階級のような欲はないけれど、だけど、でも、罪悪感ばっかりではあんまりやるせない。こうして、師匠は奈良へ行って、志賀さんを求めた。人魚姫のように人間の魂が欲しい師匠は、水辺の生物から、文学になった。

自分より小さいと思うものに優しくしてこそ、同時に強烈な自我に憧れる師匠。ならば、志賀さんに少々きつく当たられてもそんなに苦にならない。だって相手の自我を容認してあげられる自分は強いから。

つまり、だからこそ、彼は、文学という言葉の前にだけは絶対に絶対に自我を発揮した。

そんな彼にとって「そういう文学方面」というお言葉はまさに愚弄。文学はなるほど国技《すもう》ではなかろう。だからこそ竹刀で人を殴り殺したりはしない。なおかつそのような横暴なことを押し退けていくだけの腕力を持たねば、文学ではない。さて、そして師匠にとっての君主とは何か（引用続く）。

いかに「作られたから」と言って、あれで人間であるとは言えぬ。天皇制の「被害者」とだけ言ってすまされてはたまらないと思った。

しかし天皇の人間性、本当にそんなものがあるのでしょうか、師匠。だってそれはシステムの外へ出ない限り人間にはなれないような非情の着ぐるみです。そもそも生物学的人間が人間の着ぐるみを着て、人間らしくなくて可哀相と言われる、そういう人間の演技を、強制されるわけで。そうすることで弱者の可哀相さを全部、権力の方へ持っていってしまう、捕獲装置なので。

師匠は現存天皇を直に書かなかった。つまり正面切って書いたってそれは向かってくるものを捕獲するからだ。ならばとばかりに、ここで師匠はまた平気で言うのである（そう、判っていらっしゃる）。

三十代の人は何とも思わなかったかも知れぬ。私は正月がくると六十八歳になる。誰か、あの状態を悲劇にも喜劇にもせず糞リアリズムで表現してくれる人はないか。冥途の土産に読んで行きたい。

でも六十八なんて元気ですよ師匠（平均的健康があればだけど）、つまり師匠はそれから十七年元気だった（良かった！　長生きで）。

しかしようするにそのような天皇小説を「自分で書け」って言われたら彼はその時はきっとカッとするに違いない。あるいは「年寄りのふりをする」に違いないのである。そしてこの怒り方と「年寄りのふり」によって特段に、結局、彼は激烈に天皇を言い当てた。それが師匠の怒りと、自分の年齢に言及する方法（老人のふり）の正しいところである。

まあそういうわけでリセット元年の、ゼロ和なのだけれども、結局なんであれ政権の行いは前の改元時をなぞるだけだ。つまり君主の人間性というものをいま正に連中は話題にして来ている。しかも皇族のドレスの色とかと交えてである。むろんそんな皇族のドレスの色がどういうものかを、（正確にはドレスではなくスーツなのだが）私は既に三十年前に書いているのである。つまり平成の改元の時に。

こうなってしまうと時には何かに言及しない事も、抵抗の術なのかもしれなかった。つまり、――改元、改元、の中赤旗はメーデー一色だし、東京の反安倍デモ人数は六万五千とやら、報道すべき事はいっぱいあるのである。要するに、志賀直哉・天皇・中野重治、と言えていた頃はまだ良かったのだ。しかし、今ならもう全てにマスコミが介入していて、とどめ、沖縄と天皇の関係が解消しない状態で改元が二回もはさまってしまった。電

通・天皇・沖縄、というしかない状態に悪化しているのだ。そんな中天皇が沖縄に来てほ

しくない理由って何？　と沖縄の若いインテリに敢えて聞いてみたら（ごめんね）、「理由

も何も基地がある間は来て欲しくないですから」って川端研究の彼はインテリ降りた顔で

淡々と言っていた。

は？　言い過ぎかもね、お前一時の中野重治かよ、っていや別に、私ごときでは小物す

ぎて、でもああそう言えば、昔もっと多く論争をしていた頃、「論座」で私の特集があっ

た、大西巨人さんが書いてくださって、「私がおおかた尊敬する中野重治は、「評論におい

てはやはり論争の道を行くつもりであると」（中略）往年おおむね「正道」を行った私の

おおかた敬愛する笙野頼子は、現今論争の道を行っている」と。

しかしこう書いた上で彼はプライドにこだわらず真理を追究する道を行け、孤独を恐れ

るなと注意してくれた。そこを守れば文学は「たけ高く不滅である」、と。――巨人さん

には今も感謝している。ただ私は真理の追究のために論争をしているわけではない。

真理追究なら一人でも出来る。まあ孤独は平気だけど、しかし理想だけ言えば私はただ

弱者の尊厳のためにその側に立ちたい。しかし現実はまず、自分が弱者だと思って尊厳を

守ろうとする事が多い。そこから派生して弱い仲間に連帯してゆく。（私はアカデミやマ

スコミのフェミニズムではなく、自分で考えた女権・自尊の「正道」を行こうと思ってい

る）。

師匠はきっと、「志賀直哉・天皇・中野重治」、を書いて最後の最後まで自分の心の中を覗き込んで、それからあの時評を書いたのではないかと、ほら勝手な師匠説を私はまたやってのける。だって志賀さんの特権について、「心覚え」の最後の最後まで師匠は検討しがんばったではないか。

本当は『田紳有楽』を続けるつもりで、いたのだけれどしかし、（直に令和がどうこうというのはスルーするとしても）やっぱり天皇の人間性というもの自体が今、リアルタイムで怖いと思ってしまったから、ちょっとここで……。

それは師匠の「心覚え」を久しぶりに読んでいてすぐ気がついたのだ。

次回からも書くけれど、ここにまず書いておく。志賀は特権階級で天皇に親しく、既にそこに捕獲されてしまっているのである。なので制度と知り合いを分ける事が出来ない。一方中野は人間と制度をきちんと分けている。しかし分ける事によって、人間をその行為ではなく人間性によって判断するという、文学としてもっとも適切な方法を禁じられてしまったのである。これもまた政治に捕獲されてしまった。

噫、平野も師匠も本多も好きな、大切な志賀さんと大好きな中野、それをなんという悲しい分断であろう。もしもこの優れた二人を分断させる相手方をロコツに書くなら、この師匠の題名は「志賀直哉・人間性・中野重治」になっていたかもしれない。

権力は小器用だ。「人間性」という一見民主主義下の正義に見せかけたものによって分断を作る。そして、戦わされるふたり。とはいえ、それに見事対応する師匠の、半分以上が他人の手紙とかそういう引用になっている奇跡の論考はけっこう長くて、下手すると師匠の巨岩の短編（いわずもがなだが珠玉などはあり得ない）よりもずーっと長い。そんな中彼は、人間の小さい、捕獲された一点をついて、或いは捕獲されまいとしてすかすかになってしまった瞬間をいちいち「心覚え」して、結局は、私小説について自我について書いている。という、そんな「心覚え」からちょっと（心にしみる）一行を休止符替わりに引用する。

私はこの経過をたどって両方に敬意を感じた。

そう言えばこの前、……平成最後の昭和の日にあたる二十九日掲載で、改元そっちのけに赤旗の五面全部を使ってのせてくれる、多和田葉子さんとの対談のために、私は初めて共産党の中央本部というところに入っていった。ちなみに多和田さんは反原発、こっちは反ＴＰＰで必死、改元の話なんかなにもしてない。多和田さんはドイツに永住権あるのに福島取材に行って、『献灯使』を書いている。彼女、こっちから見ての主観だけど、震災以後、魂はずっと日本にいるようだった。

共産党の中って、普通にきれいにしてあって何も置いてなかった。県庁より簡素？　会議室と湯沸かし、ちゃんとした古いソファ、書が一枚飾ってあるだけ。会ったら猫話しかしない顔見知りの赤旗の記者が、大事な本におしっこかける猫の顔を家にいる時はずーっと見ているという話をまたする。私はアジア人差別をしたドイツ企業の話をして、多和田さんに小さい手作り筆書きのプラカードを渡す。ホルンバッハ、ナチ、とドイツ語で書いてみた。しかしそんなものつかうまもなく、ホルンバッハはコマーシャルを止める。アジア人女性への差別も、レイシズムだから（と書いた時点で実はオランダのだけは残ってたという）。

女性の党員が何人か聞きにきて、中のひとりの、自分で作ったという服がきれいで珍しいので素材をきく。他には民族衣装のようなブルーの袖に白の刺繍《ししゅう》の人、ご家族が私と同じ膠原病の人も。要するにいつも監視されて盗聴され怖がられている、はずの共産党だけど結局、すべて普通、普通、普通。大きいガラス窓。都会にしてはよく陽が入っている。

「こっちは線路の反対側だから音しないですよ」、と党員さんは案内してくれるが、やはりそこからも監視されているのだろう？　しかしこんな十円拾っても交番に届けるような人間たちのところを信じないのって何、と？　「いやでも別にばれて困ることなんか何もないですし」、にこにこしている。昔、四十年以上前、学校でケンカした共産党はもう、女性議員の多い穏健な福祉党だ。日本で一番「保守」、しかも汚職しない「保守」。必読書にはまさかまだ『ドイツ・イデオロギー』があるのだろうか（いやもう、多分ないに違いない）。しかし、……それを聞こうと思っていて、猫話にまぎれて忘れてしまった。

　そしてここの取材の良いところはカメラマンにも飲み物やおやつが出てすぐには帰らず、時にはおしゃべりもしていくことである。配られた大福を私はその時に食べないで貰って帰った。選挙の直後なので議員さんはいなくって、薄い色のサファリルック、白髪の編集局長だけがやはりただにこにこして。印象？　普通のマスコミよりは言葉が率直かな、何もかもとりあえず飾り気がなく、悪意がない。私はふいに子供の頃の事を思い出していた。

　小学校の時、党員の子がいた。髪が赤く色が白かった。女の子だった。いじめはしなかったけど、色眼鏡でもないけれどでも、……たまたま珍しい大人数の子供が私の家に来たら、誰もすかして食べてくれないおやつのリンゴを、このリンゴおいしい、と大きい声で言って彼女だけが食べてくれた。お父さんが画家で、平凡な姓にひらがなで印象派の名前を命名されていた。キリスト教の家で、市営住宅で、ある日「友達になってくれる」とみんなの見ている前で友達のいない私に大きい声で言った。「うん」と言ったけどなぜか、その後は家に来なかった。「ほらあの子なんかはっきりもの言うでしょ」と誰かが悪口を言った。どうしてもっと話してみなかったのか。は？　わざとらしい共産党の宣伝するなって？

違うよ、だからここで「党員・人間・天皇」をやってみているのだ。え？　組織の怖さ？　政治の美しくなさ、むろん、あるのかもね、しかし、それでもそんな政治をスルー出来ない時代の「私は文学者だよ（これは引用森茉莉）」。

次回はまた「心覚え」を最初から読みます。

4　師匠、師匠、何故に？　かのやふに長き論考を残し賜ひしや

さあ、読みまするぞ、師匠の「志賀直哉・天皇・中野重治」、見てのとおり、こんなに長いしかも後段心境含みの極私的論考を書いておいて、そこにまさに、このように愛想のない題名を彼は付けている。名詞をみっつ並べて中黒丸で繋ぐ、だけの師匠。まず、その題名において余計な装飾を排す、だって論考なんだから、嘘と虚栄とを嫌う師匠。さらに、愛想のない題名に続く書き出しもまた、資料の説明から愛想なく入る。

岩波書店発行の「志賀直哉全集」十四巻が完結し、第二巻の誤植訂正版が二回作られて三度目の最後の修正版が手元に届くまでのあいだに、別巻の「宛書簡」と「書簡」とを並読して新しい興味に馳られた。中野重治、徳永直両氏との往復のそれは初めて見た。それで中野氏の「「暗夜行路」雑談」を引っぱり出して何回目かの通読を試みた。

とあって、そこに続いてこの中野氏の志賀批判である、「「暗夜行路」雑談」への反批判が届いたということが詳しく綴られ（まあ気にしている、ということか）、……。

（前略）この際自分も平生から抱いていた志賀直哉と中野重治に関する漫然たる感想を少しく整理して記しておきたいと考えた次第である。（中略）心覚えであるから、従って中身は論をすすめるための素材を主とすることになる。それをなるべく断片的恣意的でなく長々と引用することにもなるし、また志賀氏や他の人との私自身の個人的な談話もはいってくることにもなる。くどくなる。

のを「お許しねがいたい」と来た。これ一見自家用文章宣言にも思えるけれど、でもけして薄い本に載っていたわけではない。昭和五十年の「文藝」七月号に掲載されていたもの。だが、それでも判る人に判ればそれでいいあるいは、誰にも判らなくっていいというつもの姿勢の、もっときついものであって実に愛想がない。でも、……。

むろん愛想なくたってきちんとお断りも入ってるし、引用が長い理由も書いてあるし、別に、偉そうにはしていない。つまり名医時代の彼だって、愛想言っている暇はなかったはず。例えば今手元にあるお嬢さんのお手紙に「膠原病は眼科から見つかることもあります」とあるけど、膠原病患者本人として言うと、私の病名など症状が出てから四十年ほども付かなかった。つまりこれ見つけてくれる医者が普通はなかなかいないからね。なのに師匠は、別の科のしかも大学病院でないところなのに、見つけていたのだろう？　その上逆さ睫も昔のお医者さんなら丁寧に切ってくれていたから。高度な判断と親切丁寧な処置をきっと、両方やっていた。そしてこの論考も診察のように、まず自分の気配を消し、その上でさあ調べてみよう、と「四方八方から」自分に問い始めるのだ。すると、……。

師匠の小説のいつもの、胸を抉る自己嫌悪、自然描写の正確無比、迫真の痒み、と言ったものは影を潜めてしまう。は？　論考だから当然？　でもこれは心境に溢れた論考だよ。涙が一粒だけ乾いたあとがあって、それを隠して、しかも自分を戒めるために、無理な姿勢で診察している彼。だけど要するにそういう時の師匠はあまりにも正しい。

後述するけれど、前回休止符と書いた、「私はこの経過をたどって両方に敬意を感じた」という一文から、この論考は二つに分かれている。つまり前段と後段。この後段に彼の隠した感情がある。十一月の時評でぶち切れた理由もある。

ともかく、まず前段において、天皇を巡る、志賀と中野の対立、これを師匠は「正確に」まとめて見せた。それはケンカにさえならなかった、天皇論争とさえ呼ばれなかった二人の行き違いである。一人は言わずと知れた小説の神様、そしてもう一人の中野とは？

さあ、中野重治って誰？　それは、……本人の師匠筋の室生犀星から、共産党のテンノーとまで言われた（でもその割に、戦前は転向で戦後は除名）参議院まで行ったことある、プロレタリア作家、ていうか平野の論争の相手ですよね。「政治と文学論争」、むろん、政治を重視する中野、でも才能はすごい。文学をやめると聞いて芥川が彼を止めたほどで。赤まま（赤まんま）やとんぼの羽を歌うなというフレーズのある詩「歌」で知られる彼、ただそんな彼でも案外に師匠と同時代人で、太陽の季節の受賞に怒った人でもある。今？今だって徳永直《すなお》と共に文豪とアルケミスト、というゲームでキャラ化されている（らしい）。まあそれはともかくこの二人の断絶を、まずその表面だけを師匠は追っていくのである。それは中野の発言、から来る志賀の激怒、しかしまあよりにもよってこんな時にという時に起った行き違いで、……。

というのも、このトラブルの時、志賀は丁度、中野の依頼を受けて、日本文学者の会賛助会員になったばかりだったから。なのに（原稿まで渡していたというのに）彼はいきなり脱会してしまったのだ。もともとことは合わないと思っていたのか、或いは他に用でも多くて、嫌だったのか？　というか、それ以前にこれが金剛石のような自我の帰結というこかも、しれなかった。なおかつ、それは中野が福井県から選挙に出る直前でもあった、彼、生涯に一期三年だが、議員をやっている。野党だけど偉い人、東大卒。子供時代はどうでも今はエリート、なのに姿勢はまるっきりのプロレタリアート。

さて、この手紙というか新資料を、師匠はそれまで見てなかったということなのか？でも師匠には志賀さんの持っている色紙だとかいろいろ見せてもらえる機会はあったはずだと思うけれど、何よりも志賀さんの事はよく知っていると思うけれども、にもかかわらず細かい経緯等判っていなかった？

結局論争とはとても言えないまま、ただ中野の抗弁と徳永の仲裁（要するに会を辞めないで原稿も載せさせてのお願いである——志賀はこの原稿を引き上げなかった）に挟まれ、しかしそれでも志賀は嫌と言ったら嫌だ、で出ていってしまった。だけどこの党員作家たちはどんなに、志賀さんが好きだったろう、ずっと書いてほしかったろう。そう言えば小林多喜二だって志賀を好きだった。なのに、……。

資料紹介の次に、いきさつ、とある。まあこれはそのあたりの経緯、これが前段である。そしてその前段の構成とは、……。

最初は、天皇に対する二人の発言がある、その相違を見てゆく師匠。

その後七通の往復書簡、徳永の手紙、という中心的資料を彼はそのまま引用する。

さらに、志賀さん擁護のため彼がどんなに国民のために頑張っていたかという記録をここに挟む。

その後に志賀が見ていない中野の天皇発言を引用する。

つまり前段は後段のための戦略なのであろうか？　ここで師匠は中野と志賀さんを両方大きく叱る。むろん中野の方に、相当にきつい（さらに後段でもまた志賀さんを庇う）。というわけで既に前段から引用三昧である。しかしそれでも私は他にもっと引用するところがあるだろうに、などとつい気になる。それは師匠が再読したという資料、「暗夜行路」「雑談」、これ実は全体に渡って凄く大事な資料、なのに、なんとなくこの資料に最初から師匠冷たくしています（私もなぜだかふと気が付くと冷たくしています）。とはいえ後から長く論じているけれどやはり一筋の触りたくない感があるのではないか、勝手に言うけど。しかもそれはけしてこの批判が志賀さんに不利だからでもない。ていうか、師匠は、後段、志賀さんがこれをもっと読んでいれば良かったのにと言ってみたりもするし。なお、この「雑談」は、ほんの少し地の文を引用しただけで中野の心のあり方というか悲劇性というのがすごく判るものだ。

というのもこの論考を中野は実に真面目にやっているけれど、作家本人としては、おそらく言われても困るような不毛な評論を書いているのである。私のようなごく普通の作家でも、なかなか云われた本人でなくとも、付き合いづらいというしろものである。

さて、こうした前段の最後に、師匠が両方を評価する一応の結論というか小休止があ

る。しかしこれはやがてその後に続く、後段が妙に錯綜して、というか「くどく」なって
ゆく序曲でもある。
さて、その後段とは何か？　それは師匠の、自分用心覚え、が勝ってくる部分である。
しかし自分用なればこそ私小説家の主観が入ってきて、資料外の何かが活躍し、逆に一般
用としての共感性が光る。まあ判りやすくはないし師匠の小説のような圧倒するところは
少ないけれど。
それは纏《まと》めを出すことも難儀な程に、何かしら注のかたまりのような後段なのである、
からして、今から前段の細かい話をまず、すべて終える。
すると後段の一部分が前段の注のような感じでおそらくあちこちに引きずり出されてく
るであろう。
では、構成の順に行く。まず二人の天皇に対する基本的な違い。師匠は最初にお互いの
天皇に関する発言を纏め、比較している。まあこれが判らなければお互いの対立加減も、
判らないので（さて、今からの、これは志賀さんの分）。

今度の戦争で天子様に責任があるとは思はれない。然し天皇制には責任があると思
ふ。（中略）天子様と国民との古い関係をこの際捨て去つて了ふ事は淋しい。今度の憲

法が国民のさういふ色々な不安を一掃してくれるものだと一番嬉しい事である。然し、世界各国の君主が老人の歯が抜け落ちるやうに落ちて行くのを見ると天皇制といふものが今はさういふ頽齢に達したのだといふやうにも感ぜられる。天子様と天子様の御一家が御不幸になられる事は実にいやだ。

なるほど志賀にとって「天子様」は人間である。それに天皇制はもうなくなってもいいと読める。しかしやはりどう見ても自分より偉い人間ではないか。なのにかばうだけ、とまではいわないけれど、つまりあったことに対してちょっと横向いている。微妙に加減している？　だってその他にこれ、つまり戦争責任についてこんなのがあるし。

（前略）しかしナポレオン秀吉同様にヒトラーも東条も将来不世出の英雄にまつりあげられないとは限らないから、その予防策として東条の大銅像を建立し、台座の浮彫には空襲、焼跡、餓死者、追剝、強盗、進駐軍等を、そしてまわりの柵は竹槍にして、卑小なる東条の真実（傍点志賀）の姿を記憶すべきである。

銅像だの何だのと、これが師匠が前段に書いておいたような、つまり敗戦直前に真面目に本当に政府から招かれて必死で懇談会出席し続けていた指導者のアイデアか？　私は相手がこういう態度取ると一番怒る、なので師匠はこれで志賀さんに失望して胃が痛くなったりしていないかとふと心配したが、でもそういえば、……。

人間関係を大切にしたり友情にひっぱられたりする人の心境を、私は知らない。案外に師匠はこれ平気かもしれないとふと思った。つまり志賀さんがどういう人か師匠は判っているし。師匠はきっと相手に慣れる人だ。

私はずーっとポツンと生きていて家族とも仲良くはしてこなかった。その代償のように平気で人と縁を切れるし嫌われても生きられた。だけど師匠がそんなはずはない。私よりずっと丈夫で、相手の人間性にひっぱられて他者を許す、それで長い人間関係を維持しているのかもと。

しかしそれ故に誰かの人間性に捕らえられてしまう。要するに、そこは弱いのかもしれない。ていうか世間では権力者や連続殺人犯っていつも人間性を云々されているよ？　人間性さえ把握しとけば相手は理解できる？

志賀さんは特権階級だ、でも彼はけして上が怖いから庇うのではなく、相手をただの権力とは思っていないらしい。ていうか、敗戦したから庇うというのもあるかもしれないね。むろん、当然一般市民にだって皇室派はいようけれど、それは権力に従うために、権力を友達誤認してみせているだけなのかも。そんな中で実際に天皇を人間として見られる関係性、それはそれで確かに「権力によらない」感じ方と言える。それはそれで優れた、自我のあり方かも。でもいい気なもんだと思う人もいるんじゃない？　とはいえ、ただ敗戦だ復讐だ、では平和も戻らなそうだし。

　しかしそれにしても銅像とは何事であるか？　まあはぐらかしにしてもアイデア自体は案外に面白いから、それは言いたいことを言う人間の良さを表しているのかもしれないけど。でも、だけど、戦争は、あったのだよ？　この君主の元で、沖縄はそこだけ捨て石にされて、子供が中にいる家まで放火されて発砲された。四人にひとりが死んだ。例えば「越境広場」の主要メンバーでもある崎山多美さんの小説『うんじゅが、ナサキ』を読むと、文章に魅了されながらも、私は、いつしかあった事に取り囲まれている。

　要するに中野は、ちゃんと言うべきことを言ったはずなのだ。とはいえ、それが時に勝ち馬菌に感染した人と重なってみえる風景があるわけであって（ここからは中野）。

　どうして天皇がおどおどせずにいられるということがあろうか。どうして天皇が不安でないことがあり得ようか。国民は飢えていて天皇とその一家とは食いふとっている、（傍点藤枝）。国民は日々死人を出す交通地獄のなかにいて、天皇は常習無賃乗車で出あるいている。国民のつとめ人と学生とは食堂から食堂へかけずりまわっていて、天皇は外食券なしで食いあるいている。戦死者と寡婦とは国に充ちていて天皇はまだ法廷に引き出されていない。

しかしなんていうかここで既に生物特有の可哀相さを、私は実に珍しくも、この天皇につい感じてしまう。というのも、恐ろしいね、普段は冷たい私が、孤立した場所でぽつんといるヒトに、猫と同じような感覚をつい持たされている。友達誤認かな、いや、私は、この新元号下、なんとかして天皇制を批判しないといけないと思っているはずなのだ。なのに確かにもっと辛い戦後の時代において書かれているこれをどういうわけか「ひどい」、と思ってしまうのだ。太っているというのもひどいけれど、しかし、だったらこんなの戦前に言えたのかよと聞き返したくなっているし。

その一方今の皇室なんて誰が誰か実はもう、本当に知らない。ていうかああいうの見たら、もともと湿疹とか出そうな程の違和感しかない。

そういえば朕はたらふく食っているというプラカードのデモが皇居に入っていって台所をしらべたらすごくまずいフスマみたいな食べ物が少しあっただけという話をなぜか私は母から聞いている、でも母は空想家だった。

頭では判っている。天皇制は悪い。だけど戦争止められなくって占領された癖に、それで今さら戦勝国のしり馬に乗って、負けたはずのやつが勝ち誇る醜さって言うか、難儀さはつい感じる。それはナチスと関係した女性を丸坊主や下着姿で引き回すというものに似ている気がする。それこそが反権力中に発生する権力なのかと。しかしおそらく中野は損を引き受け、言いにくい事を言っているのだろうとも私は感じている。だって作家はそしられてこそ、後ろ指さされてこそ、自分の体温を書いてこそねうちなのに。彼ったら、正しい批判ばっかり。でもまあ、彼の批判技術、それを駆使している本人の快感もまた、勝手に走っていってるかもしれないと思う事はある。

とはいえくそまじめに嫌な役を彼はやっている。そして以下に（構成と順序違うけど）志賀が見ていないはずの、中野の天皇批判を（私は）纏めておく。なんというかけしてこの中野に勝ち馬感はなくても、結局連合軍に対する信頼が彼にはあって、しかもアカハタにそれが出ていた時代という……。

天皇が財産家、戦時利得者としての責任の一部を税金を納めることで果たすことに決まったのは結構である。しかしそれを御下賜金という名称にすりかえてはならない。
（後略）

明治天皇は二万二千町歩の土地を持っていたが、その後国の土地九十万八千二十五町歩を盗み（後略）

戦争指導者たちは、（中略）戦争責任はかかって宣戦を布告した天皇にあると云って自分の責任を否定し罪をのがれようとした。今彼等は天皇制擁護を叫んでいる。同時に天皇を戦犯の主犯の位置に追いあげている。

真面目に真面目に、ひたすらやっている中野。しかしこのあたりでメディアに対する筆の使い分けを師匠は疑う、でも中野は公的に無私に各々の相手に、出来るだけ応えたつもりでいたのではないかな？　ていうか、ただただ人間天皇に捕獲されまいとして。

「売国奴的天皇政府批判」、「天皇ほどのズウズウしさをみせたものは一人もない」、「ニセがねつくりの王」

結局天皇への憎悪と呪いを繰り返すしかなくなる。

国民の敵が戦争に負けたと思っていないことは、天皇の元旦詔書によく出ている。

（中略）政府は天皇制のための憲法をつくろうとしている。（中略）法的無能力者を国の元首とすることは国民道徳の根元をくさらせることである（後略）

彼、なんでここまで集中してしまうのか、それでも中野にはいい気さはまったくなかったのではないかと、これを読んでさえ私は思う。あるいはそういうドヤ顔的なものを意識出来なかったという事だとしても、けして、勝ちをむさぼっているから判らない、というような一番ひどい状態ではなかったと思う。きっと国びとのために、一心にやっていた、そこに成心とかあり得ない中野だった。だって、私だって論争は少しでもしたから、ここで一応言ってみる。つまりずーっとこうして論争や批判をする行為こそが、一番ドヤ顔スポーツから遠いものなので。

結局は論争でも裁判でも、勝つという事は殺されないためのただの必要性だ。マイナスからやっとゼロになって気絶、という事でしかない。ていうか、……。

私はスポーツとか理解出来ない。ルールが覚えられないせいもあるけれども、なぜわざわざ勝ったといってあんなに喜ぶのかが判らない方だ。論争なら戦う理由だけはあるけれども、勝っても実を言うとそこに熱狂はない。どっちもただ歩いて帰るだけの日暮れ路で。

それなのにスポーツは人々を熱狂させ大事な報道を押し退け、ことにオリンピックは今から東北の復興を妨害して苦しめる、終われば経済は沈むはずなのに、でも、人々は夢中になっていて、それが判らない。そういう勝ち馬感とスポーツに夢中な人々の万歳って、私の目には同じように見える。

つまり、捕獲もされず勝ち馬にも乗っていない中野の姿は私の目に、自分の人間関係もすべて忘れ、公共のためになんでも批判する義務、という悲劇でしかない。批評機械中野、精一杯口悪く頑張っているよ、ねえ？　自分を殺してでも「公器」になっている。技術の快感で？

彼がここまで言うという事は、それはけして共感なき冷たさの証拠ではない。ていうかそもそも、無共感でいたら党員になって、他人の貧乏まで抱え込まないもの。それに物のない時、インクに困った志賀さんに自分の持っていた大きいインクの瓶をさっとあげた中野。明晰にものを考えて無私になれる人物。

つまりそんな彼だからこそ公共的憎悪の器に、天才的な罵倒を盛る事も出来る。でも、そんなのいつまでもずっとしていてはいけない！　本人はいいけど、まねしてやってる人々、その無私はいつか最悪になるから。

最初から中野には不幸感があった。しかし、その一方、だからって不幸感なければそれでいいのか、という話である。志賀直哉、その無駄なき心のままの義務感なき行為、するとそれは結局正しくて一番偉いのかと。でもそんなのただの可愛くもない怖いもの無しだろう？

天皇という捕獲装置を挟んでケンカをした、志賀直哉、中野重治。

それは所有に基づく特権的自我の個人主義＝志賀直哉対無私を目指す国家対抗的な自我＝中野重治のあり方の違いである。——というわけで残った細かい「いきさつ」を記す。要するに分かりやすく目に見える発端はここからである。

……ある日、中野が「安倍さん」の悪口を言った、無論この安倍さんというのは、けして、アレの事ではない。早く、一日も早く政権を下りてほしい、そうして裁判にかけられてしまえと常識的な民草が思っている、あの安倍とは違う、大昔の安倍さん。彼は安倍能成という自由主義の政治家で、漱石の弟子、一高の校長という、普通の政治家よりは文学者に好かれそうな人物である。志賀さんはこの政治家を根本信頼すべき人と評価していた。ていうか師匠がこの長い論考に書いているように、志賀さんは敗戦直前から日本の今後について「混乱防止のため」、「外務大臣重光葵の発意による懇談会に加わってほとんど毎回出席」、していたのだ。そのような立場の中で安倍さんを志賀さんは信用していて、「僚友」だったのだ。

志賀さんは作家の中では戦争責任を問われていない方ではあるが、無論、無傷ではない。しかし「十一月三日午後の事」とか軍隊批判の作品はある。しかしどっちにしろ特権側、一方、中野も最初はこの安倍さんを評価していたので、批判する時にはまだ「安倍さん」とさん付けで呼んでいた。しかし批評機械である以上は、……。

文部大臣のことを世間では安倍さんと呼んでいます。総理大臣のことをシデハラさんというものはない。かりにいるとしても、シデハラさんとアベさんでは「さん」がちがう。安倍の場合は、何がなそこに愛情、尊敬、とまでは行かずともかすかな信頼があった。あったといえるでしょう。

それが変ってきた。「さん」が変ってきた。今でも安倍さんという人はいるでしょう。ただそこに、愛情もうしなわれてきたということがある。信頼ときては地におちたという大きな変化がある。

それが天性だからなのか、中野は本当に落ちついた言い方で、それでもここまで見事に口悪く言う事が出来る。でもこうして、無私の立場から言えばいうほど、大口叩いているものと同じように見える時がある。しかも淡々と面憎いその悪口で、批判する中にこそ絶対に正しいことが光っていたりする。そして、志賀を怒らせた。あの拡張しつづける素晴らしい自我に、ぶち当ってしまったのだ。

　道徳はおしゃべりではない。もし安倍さんが、内閣からつまみ出されても軍事補償うち切りのために戦ったとでもいうのなら「さん」が生きたでしょう。安倍さんは供出強制令に賛成して農民の敵にまわった。政府のインフレ政策に賛成して財閥の下ばたらきになった。国民学校教師の大量首きりについて黙っていた。（中略）天皇の元旦詔書が戦死者にも寡婦にもひとことも触れなかったことについて国民にも天皇にも黙っていた。（中略）安倍さんの「さん」が変ってきたのは不道徳が国民の信頼をうしなってきたということです。

事実を重ねてゆき滑らかで正しい。その中に天皇批判もまた、すらっと入ってきた。おそらく中野がもし文学者でなければこの「さん」という言葉の色がかわるというような言い方をこんなにうまく使う事は出来なかっただろう。

中野にとって一番悪いこと、それは公的な言葉から弱者が消されること、何よりも何かについて、「まったくだまって」いる事なのであった。これは論争家の考え方であり、しかもこの見事な言いようである。

ていうか全身論争家中野重治、彼は批判の場所、時、選ぶことはない。冠婚葬祭にも捕獲されない。

例えば彼を「テンノーヘイカ」と呼んだあの偉い室生犀星のお葬式でも、遺族に対し、中野はなんと「キビシイ」挨拶をしたのである。そもそも志賀だって賛助会員を頼んでしまった後なのに、怒らせている。まったく何という批評機械であろうか？　しかしなんでそこで、わざわざ？　まあ要するに私ごときこっぱとは違う世界である。そしてどっちにしろ双方責任ある言動、怒り、怒らせる、そういう関係。

こうして、志賀さんは中野にその本心を聞いてみることにした。お手紙を書いた。安倍さんについても天子様についても、それは志賀さん特有の、いつも気分を前に出し自分を尊重した書き方である。要は「不愉快」、と。そして、「君が正直に書いてゐるのか或る成心で書いてゐるのか」と尋ねたのだった。

成心って物凄い、だけではない。「復しう心のやうなものも感じられ」ると。

文学者を全然捨てて書かれるならそれはその人の勝手です。然し文学者の看板をかけながら文字を手段として正直でないことを若し書くならばそれは嘘つきです文学は嘘をついてはいけないもの、どんな国家の目的にも利用してはいけないもの、しかし志賀は別に文学に政治を持ち込むなとここで言っていたわけではない。嘘つきはいけないのだ。多分政治を書かないのも嘘つきなんだろうな。本当にどう思っているかというその本当を書く。つまりは、気分が大切なのである。

結果、前年末に入ったばかりの会だって抜けるといったら抜ける。「日本文学者の会趣意賛成なので入会しましたが」、「退会します」、「君の会といふのでもないかも知れませんが君が中心なのだらうと思ふので退会します　草々」

普通は少し様子見るか本人と会って長話するかすると思うが。とはいえ、彼、既に渡した原稿（「随想」）を引き上げる事はなかった（つまり志賀さんはゲラをちゃんと見てくれたのだろう）。ここはけしてよく言われているような、子供のような意地悪をしなかったという事。

志賀さんが気分を前に出す書き方をするのは、それが彼の文学だからという事ではあろう。気分、それは自己の中の他者、しかしそれはあるいはあなたのフィクションの中で、苦心して子供のように作っている文学的自我じゃないの？　ねえ、志賀さん？

だっていくら成心と言ったって天皇制の中でも、ことに人間天皇なんてまるで成心の集大成みたいなシステムではないか。徹底形成した成心なき人間をイメージに使って、権力の成心を運営していく業界。無論直感が至上命令の志賀さんはこういう捕獲装置を避けきれない。避けきれるのはただ志賀さん本体と何の縁もない、それ故に感覚がきちんと遮断できて志賀さんが好きなように対処できる、党員や下の人に対してだけ。しかしその一方、この小説の神様は一緒に育ったものや可愛い生物をそのまま容認してしまうという正直さも持っている。まあそれはそれで良いよ。無論容認しながら欠点も言うわけで、天皇に対してても何に対してもきつい時はきつい。それはどういう事か？　迷いがないのである。他者を捨てている。

自分に「出来ない」ことは微塵も絶対にしない、わがままの徹底性が彼の行動を決定している。配慮という名の無駄を排す、これ故、大金持ちの家の中は選び抜いた家具だけをおいて片づいているよ？

しかしそもそも、……家父長制の頂点にいる天皇に親しんでいて、その一方で志賀さん本人は自我の拡張をしていて、それで志賀家の家父長に対する反抗が可能なのか。ていう問題はある。それに自分は結局家父長になっておいてまだ永遠に反権力でいるつもりなのか。

とはいえ、志賀さんのそれは一個の自我として見れば結局美しいあり方かもしれないのだ。言ったことは思ったことする事はしたいこと、それが皇室ご学友クオリティ。これ、けして厭味《いやみ》じゃない。

だって志賀さんも天皇制はけなしているからね。どんな障壁があっても忖度せず迎合せず「正しい」事をする志賀。それは結局好きなことが出来て自分で判断が出来る、何の偏見もなく権力を批判出来る王者の、特権的自我。広大な土地や財産や高い地位を以て、例えばヴィーガンポリコレセレブが貫く「当然の義務」に似てその一方、……。

一見平等をとく、彼の主人公時任謙作、しかし中野だけではなく、師匠だって、その無意識に刷り込まれた特権意識に対し何度も文句を言っている。師匠は時任イコール志賀の立場で、中野は作者と本人が違うという立場だけど。

こうして、まあ要するに結局、七通の手紙が残っているわけだ。

ちなみに最初の志賀さんの手紙は番地違いか何かで中野のところになかなか着かなかった。それでその時、志賀さんに会っていた徳永が中野に手紙が着いたかどうかの確認をしている。結果着いてないと判り、間に入った彼は志賀さんに取り敢えず、自分が中野をかばうという、手紙の抗弁をした。中野に、成心はないと、「大きな誤解」だと。

その、徳永の手紙の内容、――中野はけして復讐心で今まで信用していた政治家を攻撃したわけではない、それよりもむしろ「いまとなつては安倍さんの国民的信用の皮を剝がさねば」人民がさらに現内閣に騙されると思って、と。彼は義務感で声が高くなった。ほどなく中野からも志賀さんに抗弁の手紙が来た。しかし最初のはまだ相手の手紙をよんでいない段階のものであった。それは手紙を待つ間に、徳永の話を聞いて中野が書いたものだ。

そこで取り敢えず成心のなさを中野は主張した。つまり、もっときっぱり徹底批判したら、成心があるなどと思われなかったと。自分の批判の出来がぬるくて誤解されたと、ここにも徹底して声を出さないのは悪という中野の、論争家的な考え方がある。

やがて志賀さんの手紙が着く、中野は読む。すると、……。

なぜか復讐心のようなものは少しあったと、ここで不思議と中野は認めてしまう。しかしそれは成心とは違うものだけれど、弁解になるから、言わないとも。何かこのあたりにも私はまた一抹の彼の悲劇性を感じるのである。まあむろん、この対処は、とても成心のある人間の対処ではない。

人も自分も批判する批評機械中野には、云われて言い抜けるだけの狡ささえない？ここまで政治性ゼロの人間が議員になっていた？

むろん復讐心というのは気分の問題だから、つまり、正当な理由のある怒濤の復讐心なら、あるいは許されるのではないかと中野は思ったのかもしれないが、或いはそれとも志賀さんが偉いからつい従ってしまって、持ってもいない復讐心をあると言ったのかも、だけどそんな権威主義では批判なんか出来ないはずだし、ここ、判らない、……。

何かすべて言い訳もしない純な心で自分の非を認め、その割に質が悪いまでに徹底した批判をし続ける中野。ていうか、志賀さんの周囲はひたすら純真なものばかり？　あるいは志賀という文学的権力に負けているのか彼らは。

ちなみに徳永はおおむね純情であるが時になんとなく編集者臭く、欲望のままに手紙を書いている部分もある。

しかしその一方、おそらく志賀さんから、党員だから、文学外の事を文学の名の下にやるのではないか、党の命令で思いもしないことを書いているのではないか、などと会った時にでも、云われたのであろう、これに対して根本、彼は感動的な反論をする。ということは徳永にはきっぱりした、志賀さんに負けない自我があるという事か？

直接関係ないけど引用する。党員は主人持ちという志賀の言い方に対し、欲望のままの部分を残すとはいえ、ここでこそきちんと顔を上げている。これが徳永の文学的自我。つまり自分は、……。

（前略）「主人持ち」ではないつもりです。文学的にそうでありますし、党員としましても共産党を主人とは毛頭考へてゐません。共産党は私たち党員がつくつてゐるのであり、自分たちでつくつたのだから、その命令――といふ言葉は語へいがありますが――つまり決定にしたがふのです。（中略）若しそうでなかつたら今日只今から変更するでせう。

率直に申しまして荷馬車ひきの伜に生れて卅歳まで労働者であつた私と同じやうに、貴方が同じ感情の持ち方をシデ原内閣に対してなさらぬかと考へます。（中略、さらに中野を庇う成心がないと言って）政治的見解の相違よりも文学的な純粋を大切に私も文学者のはしくれとして考へてをります。

という純な徳永も、中野の成心なき心を知るために、「志賀直哉」に「これほど肉迫したものを知りません」「みぢんもほめてをりませんが」という「「暗夜行路」雑談」を読めと薦めるのだ。そして、読むことは中野のひととなりを知るという事においては有効だったものの、志賀さんは結局途中までで止めている。ただ中野が文学的に不幸という認定だけは出してしまった。でもそれは無理もない。私でさえ読んでそう思うもの。

きっと構造が判った時点で読むのやめたと、私は思う。例えば三分の一とかで。

まあやっぱり党員作家から白樺派残党まで、一番の問題点はここ、なぜ皆さんそこまでして志賀さんに「雑談」を読んでほしいのだ。しかも例えば師匠がずーっと言ってるような貧富の差についてする志賀批判だとか、そんな部分的な事でそこまで「雑談」にやっつけられた感が、はたして、志賀さんにあったであろうか。ていうかそもそも既に成立している作品に、ああいうの「おおむね」（引用大西巨人）不要なはず。志賀さんは言う「全体が分つてゐて云つてゐるとは思はれません」、しかし自分の側は中野の人と性質については判ったと、自分と彼には大きい誤解がそこにあるのだと。

むろん「雑談」の方だってけして、やってやれ、と成心でやっているわけではない、だけどこの「義務感」は個人主義の側からは絶対判らない、言われたほうは不毛に感ずるだけで。

志賀さんは「雑談」を読んだ。中野の人間性は悪くないと理解した、そしてその文学理解を文学者として不幸だと思った。結局志賀さんは言い尽くしているのだ。でも弟子はまた違うことにしたくて騒ぐのである。

ていうか、そもそも、……師匠は四十八歳の時、志賀さん本人からすでにこう聞いて随筆に書いているはずなのに（「仕事中」より）。

「批評家なんて無用の長物だ」

「大体批評家は、向こうから小説の方に足を運んで、その人に即して考えるという努力をしない」、「あそこが足りないとか、こっちがはみ出してるとか」、「小説だって勝手なことをやらしてもらってもいいだろう」

とか言っといて志賀さんはなんとその直後、妻に、ヤツアタル——「おい、康子」、「拭いとけと云ったら拭いとけ」、いいのかよ？　こんな主我で、……ちなみに私が昨年会いに行った師匠のお嬢さんに「（例えば）食事の文句を言うことは」とお尋ねしたら、大きい黒目を見張って「まあ、いいえいいえいいえ」、と。

というわけで、……ちょっと早いけど、そうそう、ここで後段にある「雑談」の『暗夜行路』批判を出してしまいます。何かすでに志賀さんが全て解決しているのだが、しかし（中野ったら……）。

まったくなんだってけなせるよこの批評機械、とどめ、言ってみても仕方のないことを、なんでここで言うかという時にさえ言っているわけで、そういうつまり、言われている作者の本人の目からみていちばん関係ない「公共的」批判というものがかなわんのである。というわけでそれらを箇条書きにします。

しかしこの「雑談」のまとめ、その後段においても、師匠は、中野に不親切、というのも金銭問題以外、三項目くらいしかあげてないし、地の文の引用もそんなにはしていないし、志賀さんが参ったであろうとしている批判ポイント、お金の問題も、引用は少し憎さげで癖のあるこの部分くらいなのだ。それはまあ有名な件かもしれないけど。

（前略）肩に腕があり、腕に手があり、手に具合よく指がついていて、飯食うにも鼻汁《はな》かむにも格別人がそれを意識せぬように、金はそこにあり、そこにあることにたいして持ち主が純粋に意識を動かさぬのだ。

しかし私はこの冷静というか、淡々としていながら少しも作家の役に立たないことをずーっと言っているということについて、またしても一抹の悲劇を感じる（脱力）。そして今から私は師匠とかぶり気味に私の気にしたところを箇条書きにするけど要は、たかが私ごときさえこれを、全網羅はしない。しかも出ている順には書かない。さて、……。

イ　書いている時間の問題についていっている、最初から決めといてもっと短期間でやれって？　でもそんなの勝手でしょ。つまり中野は作品が歳月の変化を受けてないのが不自然と批判、でも志賀は変化しながら自然にそのまま書いたと言っている(らしい)。ていうか勝手に私が答えるけど別にそんなの、たとえ十一年放置しても十分戻れるよ？　だってそもそも『暗夜行路』には伏線、いくつもあるよ？

ロ　貧富の格差について問題にしている。お金があるのが当然だと思っているという批判。しかしこれ実は志賀さん参ったらしいと師匠は言うけれど、別に金持ちのぼんぼんだってお金に厳しく細かい人はいる。ただし「服？　僕なんかユニクロですよ全部」とか言っといてその労働環境とかに関心持たないレベル。その他、似たようなので下の者に対する人格無視がある。ま、特権問題ですな。

そういえば中野の先程の引用よりも実は私には胸をうつ部分がある。「いつ何時でも汽車に乗つて遠方へ出かけたり」これ昼飯に芸者を呼ぶというのよりずっと切実だ。

電車にのれない。遠いところにいけないということの感じ、(引っ越しとかも)筆で立ってからずっとある私。帰郷にお金がいる・溜めておくしかない。むろん自営ってお金の変動は凄いから、例えば私め、今は、すっぱりない、ちょっと前まではこれで一生プチ安泰とか思っていたりしたのに、でもそんな「富裕期」でさえも自由にどこでも行ける交通費って、そういえば希有であると判っていた。ていうか、こちとら免許もないんだけどリウマチではあるし、車持ってる人って自分とは違うなってよく思うわけで、まあ今は風前の灯火な猫貯金箱二個に五百円玉四十枚入っているから、近所ならどこにでも行けるけれど、……。

ハ　自家用と一般用について、この作品は自家用過ぎてダメと言っている（その他には『暗夜行路』の細かいところをあげつらって、いちいち、少しでも矛盾とかあるからだめだと実に不毛。それは例えば役所の中に埃がたまっているといって大昔テレビで怒っていた田中康夫知事のような感じで批判している。ただしそういう中野には当然ネオリベ感などない。ただもう必死で真面目に見つけて、全部言ってみている状態である）。しかも自家用と一般用が芸術において、通底すべきというその機微は判っていて、しかしそれで？　一般用とは何？　たかが細かい一貫性のことなの？　それで、『暗夜行路』は記名性に値しないと言っているのかな？　あと公共性と即答性（時代性）って同行してないよ？　しかもこの中野においてそこまでの記名性のレベルというか公共的独立性の、白黒は指摘出来ているのか？　つまり細かい事ばっかり言うだけじゃん？　この一貫性フェチめ！　あと、白樺派は部分が命だよ？　つまり筆つきと称して視点とか細部の構成のばらつきに文句言うよりも筆と言うなら本当に文章や気分の一貫性だけを問題にしてみたら？　だって（伏線以外だと）そこが肝だもの。まあ中野は文章それ自体についての批判も当然やってはいるわけだが（ニに続くけど、それもないものねだり）。

ニ　文章について、例えば熱狂というか「オノマトペイー」がないとか言っている。これはむしろ師匠が口出していいところで、（だってほらでんでこでんでこ、とかチベットの真言、オム　マ　ニバトメ　ホム、ペイーッ、ペイーッって、……師匠はこういうオノマトペイーッの名人なのです）中野はここで文章の未来について先見しているから優秀、でもひとりの作家の代表作に向かって言うのは無駄。まあ志賀の文章が不親切と言えばそうだと思う。しかしこの無装飾の贅沢に読み手は自分を流し込んで読む。だったらそれは自由なほったらかし、真空宇宙の素敵なおそろしさで。

ホ　とはいえ結局判らんのはその志賀の文章に対する中野の批判、誰に？　ひとつの頂点でしょ。まったく室生犀星のお葬式といい妖怪いわにゃならん坊主にでも取りつかれているのかね。

作家にしてみれば？　万葉集と比べられて「ぶまなおおらかさ」がないとか言われても、うんざりするだけ。志賀さんは鋭敏の人で、癇癪持ち、潔癖症、無意識の差別者だ。つまり、その自在さや奇妙な偏見のなさは常にこの厳しい好き嫌いからしか発生して来ない。志賀的シンプルとは、つまり？　俺にはこれはうざい・嫌い・止める・どうせやっても無駄・俺なんか別に神だし・どうせすぐカッとするだけさっ・で「余計なもの」をばんばん取っていくそういう宇宙なのだ。ていうか元々から何もない、それが彼の文章。で？　それがおおらかになるものか。ほーら、ジャコメッティは、ただのガイコツか？　あんたはその方法で山口小夜子が、鳥毛立女のようになっていないと言って、批判するわけかな？

ちなみに師匠は後段で、ここのイ、ロ、ハ、ホの部分と、後は主人公と作家の混交というか急に妻の語りになるところとかを問題にしている（だからこれはそうなる必然としての伏線があるってば、師匠、師匠）。そして私は結局このニが自分的には一番重要と思っている。だって少しは、説得されたから。師匠にはやはり志賀さんより優れているところがあるとここで満足したから。でも師匠はこの当たっている（けどないものねだりの）ところこそ、なんというか静かに、スルーしてしまった。

その他にも文章について、中野は判っている部分がある。但し構造的理解だけど。

志賀のスタイルは古さを持つ。それは洗練されている。だから古くささを持たない。また古くさくならない。下駄の形、壺の形が古くさくならぬ意味でそれは古くさくならぬ。彼は、まったく新しいもの、まったく得体の知れぬもののそれとしての表現は自然に避ける。彼は目に見えるものを示す。ある音響のようなもの、音楽のようなもののそれとしての表現は用心ぶかく避ける。

でもだからって腐すんだよそんな文章は「ぽきぽき」で「瘦せ」ているとか言って。そしてこれが実はクロゼットに襟なしスーツ八着しか入れてない「小細工」のない金持ちの賢さだなどと書く事はしない。

まあこうした文章の「瘦せ」についてはのちのち訂正して、豊かだ、と評したと中野は自分の不明を認めている（でもいいのかそれで）、つまり中野座談会発言引用がこの心覚えの後段にある。でもね、当面は「親切」にしろだの、「オノマトペイー」、なんだからね。

まあそういうわけで結果全体を通すと、結局こんなのいくら優れた批評機械だとて、私でさえ、「ふーんこれ批判なの？　なんでー・べつにー」、と思うだけである。そもそも徹底批判っていらんよ特に邪魔でもないけど、あればついつい気になって見るけれど、普通、時間の無駄だ、次を書くからね、そしてどんな偉くたって別に一次生産者は自分を支えて同行してくれる以外の評論家なんか気にしないから。無論、こういう作品だってすーっと構造や筆致を解説してあるものは普通に役に立つし、時には尊敬だ。そもそも丁寧に読んでくれているだけでもその読みは作者が有効に使える指針。

でも自分がしてもいない事をいちいちあれもやれこれもやれって言われてもねえ、出来ないことやしたくないことを指導されたって、うるさい、というよりそれは作家にとってはゼロだ。妖怪阿霊喪夜礼、狐霊喪夜礼だ。例えば女権拡張運動（既に今のフェミニズムとは違う昔のもの）の横へ「忠義面」で来て「おい男性差別にも配慮しないとだめだろ」って「被害者面」もする寄生妖怪と同じものなのだ。

むろんその一方で、この中野はもしかしたら、好きで好きでたまらない対象を好きになってはいかんと思うような、禁欲性に支配されていたのではないかとも私はつい思う（でもだからってそれ別に言い訳にならんけど）。それは例えば師匠があの十六歳のメッチェンに対して、「失礼だが僕は君に結婚を申し込む気はない」と、悲鳴を上げてしまったのと同じような感じで。

まあそれはともかくとして、志賀さんがこれを途中でぶん投げたという気持ちは私にも判る。作家本人の役には立たない「優れた批評」、それ当の本人にとってはただの目の無駄だもん。読者いる方にそんなんゆうても無駄でしょ、といわれるだけであるもん。既に書き上げたものに細かいことを、ましてやデパートの食堂やあるまいにそんなになんでもかんでも、ないわい。

ザ・中野重治、それはすべてを網羅しようとして、すーっとやってしまう頭の良さ、これこそ一抹悲しい。というかこんな公共性頭なんて、仮に、私心も何もなくても、しょせんは批評だけを好きな人以外の、役には立たない。なのに本人は詩人で小説家だなんて。要するに志賀は作品を書けばよいし、中野は「言うべきことを言った」と思ってあとはいくらでも安心して悲しめばよい。ていうか批評だけ好きな人間だったら梅干しの紫蘇だけ嘗めるようにしてこれ読むのかなあ。

とはいえ師匠と違って私は引用度胸が小さいので少しだけ出すけど、見よこの無欲な淡々とした冷静な自覚性。そして自分のこうるささだけの態度には気づけない素朴感。それがもう最初っからこうだもんね。

（前略）「暗夜行路」を理解するには、これが長いことかかつて出来たものだということを知つておくことが必要だからだ。（中略、但しそれは読者には関係ないとした上で）しかし理解には、ある作の理解、ことに作の欠陥の理解には、この第二義のことが問題になる。

なーんちて、最後は自己批判やっているわ、「右に書いたことにはバランスがとれていない。十あるうち三つだけ書けば、三つ自体は妥当でも全体としては偏頗《へんぱ》になろう。そういう結果になつたが今はこのままに措《お》く。人の言つたことと同じことを言つたところがたくさんある気がするがそれも我慢することとする」

つまりこれは自己言及まで完璧で但し、ここに、「読みの面白さを教えられましたありがとう」の感動はない。

そういうわけで？　志賀って別に時には子供のようではない人なのである。だってこういうの途中まで読んであげた。さらに「小動物助けようとしたらむしろひどい事になるから止める派」の人だからこそ、信念を持って放り出した（つまりそれは落ちているヒナ拾うな運動においては非常に有効だから、そういう意味では志賀さんはおとなの叡知の人であるかもしれない）。要するにそこが中野との自我の差、ということかも。

成心の解釈だって二人はきっと違う。それは無私と極私との行き違いである。

成心がないからこそ、中野はすべてなんでもけなしたし、作家の個性を越えてなんでも求めたのだ。わが国、わが国びとのために天皇もけなした。中野にとってはそれが成心のなさだった。しかしその一方、……。

志賀さんという特権的個人作家にとっては、ともかく自分を勘定に入れる、よく見ておく、自分を忘れないということが成心なき文学であった。天皇を自分個人がどう考えるか、現実の自分から物を言うべきと。しかも実際に志賀さんは国人のためにやる事はやっている。というわけで、「両者に敬意」といいつつも師匠の前段における判定は？　中野に対しきつい！　で、天皇批判の文に対しても、……。

（前略、中野）氏はほとんど無限の解放感と革命的使命感にうながされつつ、昂揚のさなかで書きまくったと云っていいであろう（中略）中野文が煽動的であり、早口であり、前のめりであり、浮き腰でもあったことは、今読んで誰にもわかるのである。

いったいに、人に反対する場合、中野氏には、文体的に云って、こと穏かに論をすすめないという傾向がある。相手の胸に突き刺さるような具合にもって行かないと気がすまないと云ったところがある。云わずともいいようなことまで書く。ある場合には、そういう刺戟的挑撥的な言い廻わしをしないと相手に通じないだろうというような、相手を信用しないと云った気配すらある。

しかし或いはこれ師匠に辛い過去があったからなのかな？　「たった十五円で共産党気取りか」と馬鹿にされながら、眼鏡を外され、警官から暴力を振るわれる「痩我慢の説」。例の党員カンパ直後逮捕事件、あれ実は師匠と知り合いでもなんでもない党員に友達から頼まれたので十五円あげて、すると党員がすぐに捕まった。彼はたちまち師匠の名を吐いてしまう。師匠は何も知らないのにいきなり逮捕で、拷問された、無論質問にも答えようもないだろう。けれど、だけど「カンパしてやってくれ」と頼んだ友達の事を警察の言うがままに捏造したりとかしないでともかく黙ってて、五十日以上殴られていたのであろうと私は思うわけであり、またそれさえも「痩我慢の説」に実は痛くなかったとか自分に厳しくすることをつい書いてしまう、そういう師匠から見て、いきおい、中野にきつくなる？ いや、この解釈だと成心でなくとも私心だから（だって師匠は公平）今、私め、ここでこの部分否定しておきます。でも例えば……。

だったら、師匠は無駄な人助けをする自分の貧乏体質を悔んでいるのか？

いや、しかしそれならばむしろ無駄な事はしないお金持ちの志賀さんに、少しは何か言ってやればいいように思うのだ。だって、ここまでだとやはり志賀さんにはちょっと甘いかも（師匠、ここ、保留気味なんですか）。

一方で志賀氏もまた（中略）対社会的使命感をもって（ほら既に庇っている笙野注）もちろん中野氏のような骨身にこたえた長年月の被害者的反抗的迫力はなく、思考の保守性、非論理性、直感性は覆うべくもないが、しかし「三年会」「同心会」と続く精いっぱいの努力はあるのである（これなんか森茉莉が自分の努力を説明している時みたいな「あるのである」、もう庇う、庇うとどめ）。僚友安倍能成非難の、いかにも意地の悪い持って行き方に腹を立てたのは当然である。

さて、志賀さんのために、もう少しなんとかしておかなくてはいけない、と思いつつ師匠、後段に向かう。

5 「「暗夜行路」雑談」・「五勺の酒」、という中黒丸で「冷静に」つなぐ後日談

ひとつ、新しい往復書簡が出た。その事によって、平野謙が書いていた、志賀さんに対する推定は翻った。志賀さんが中野の「「暗夜行路」雑談」を読んでいたことを前提にして、平野は志賀さんを論じてしまっていた。インクをくれた中野、彼の徹底批判を志賀さんは「あれには参ったね」くらいで優しく済ませていたのではないだろうか、と平野は思っていて、そう論じた。

自分の周囲にいる、可愛がっている左翼作家達がなんとかして、中野と志賀さんをくっつけたいと思っている事を、志賀さんは或いは苦笑しながら、つまりいつもの癇癪なんかおこさないで見守っていたのかもしれないと言いたかった。しかしやはり、……。

志賀さんは人に言われるまで中野なんか読まず、しかもやっと少し読んだら中野の読みや分析を既に完全に見捨てていたのだった。

にも拘わらず、弟子の何人かは、だって、と思うのだ。だってこんなに優秀なのに、って。徳永だって、人となりを見てくれと別目的をいいながらも、結局、「みぢんもほめてをりません」と保留しながらでも読ませたかったのだ。その素晴らしい全網羅的な、客観的不毛を。

しかし、どんなに高いよい服でもこの金持ち、特権階級は自分のサイズに合わない品を手元に残さなかった。それは消費型の自己という事ではない。富者とは何だろう？　真に自分に属するものを決める残酷さだ。

志賀は中野がいらない。彼を惜しむのはただ論じられた本人以外の人だけ、そして本人とは何か？　その才能をまさに所有しているものだ。どう客観的に優れていても「『暗夜行路』雑談」はサイズ違いなのだ。確かに、読めば私ごときにでもその頭良さは判る。でもそもそも師匠だって中野が何も判っていないのを実は知りきっている。それでもなぜか、師匠はまるで、この中野に借りがあるかのように、過去を振り返る。往復書簡を見る。見ているくせに志賀の、切り捨て方を見ない。

そもそも最初から師匠は戦中からもうマルクス主義とか相対化していたはず。前節で述べたけど党員から被害に遭っている事もあるし平野もハウスキーパーに振られている（と言っても党に頼まれて女性をかくまっただけで、セックスなど求めない。ひたすら守ってあげて、看病だけしてもらい、プラトニックなままでプロポーズして、しかしあなたといると思想的にダメになるからとか言われて断られたもよう、そう、思想的にである）。

つまり共産党に関しては師匠も平野も、この姉と弟はことに愚痴ならばいくら言ってもいい立場なのである。徳永の手紙がどれだけ誇り高く率直で可愛くても、それとは問題が別だ。そもそも平野達よりも師匠は最初からもっと、文学と美術寄りの人だったから。

にもかかわらず志賀さんが必ずひとつ、中野からやっつけられていなければならない事を師匠は確信していた。これが師匠に、天皇について書かせ、なおかつ、天皇についての関心を延命させていた。師匠の随筆に評論家をぼろくそに云う志賀さんが登場しているのに、それでも、焼き捨てた十五年分の自分の日記までも拾い上げて、志賀さんに中野を認めて欲しい師匠。しかしそんな日記、本当に証拠になるだろうか。それでも『暗夜行路』批判の、ポイント、ポイント、ポイント、といってしまう師匠、だけどそれはすでに志賀さんの中にはないものなのだ。それでも彼は自分の記憶を探って勝手に書く。リスペクト高じて好きにする弟子の勝手放題、それが師匠説！

私は戦後何年かして、熱海大洞台のお宅で一回、渋谷常磐松のお宅で一回、話の継穂もなにもなしに志賀氏が「僕も貧乏な家に生まれて不自由していたら小説も少しちがったものができたかも知れないね」と云われるのを聞いて奇異の感を抱いた経験がある。

志賀さんの意外な発言にきっと師匠は驚き、少し悲しかったと思う。

だって師匠は貧乏な家に育ったし、溺愛と呼ばなくても済むような自然な愛情に恵まれたし、尚かつ芸者を呼ぶ側ではなかったから。師匠は親戚に芸者がいて、その上で子供に芸者との接触を禁じる父の下で、育ったから。

しかし志賀さんは結局甘えてみただけではなかったのか？　たかがそんな事二回も云ったとはいえ覚えているだろうか？　ふざけてるよ！　もし問えば「忘れたっ！」て爽やかに怒鳴るだけなのではないかな。それこそ金持ちのお愛想に過ぎないかも。一方侍医としての師匠に言った評論家無用論は、聞かせたくて残したくて言ったような気がする。

白樺派の特権意識を、師匠はけしてとことんまでは断罪しない。だけれども、これは？　きついね？　という形でぽつぽつと繰り返す。

平野が、「志賀中野に就いての美しい親和的空想」をしてしまった事、その「早トチリ」を助けねばならぬ師匠。そして同時に、さらなる新証拠によって師匠はなんとか志賀さんを守らねばならぬ。でも一体、何から？　志賀さんを志賀さんの特権意識から守る。特権的所有的自我というものを生成変化させて、それによって師匠自身の自我に繋げるため。

『田紳有楽』における、自己とは何だろう？ それは共同体中の自己と所有する自己の原始的混合、そこからさらにまた、現代へと進化したもの。

そもそも特権階級の所有から仏教は生まれた。仏陀は小国と雖《いえど》もひとつの国の王子だった。領土と国民を所有する身分、その罪悪感と緊張から生まれた自我は、やがて捨て去る（出家）という形の救いを求め、それは土地所有という下部構造の一般性を基に、東アジアに伝播《でんぱ》していったのだった。それ故に仏を拝むものたちはまず、大土地所有者としての天皇であり、貴族だった。そこから地主に行き、むろん文化は上から流れる、ただしその根本にあるのは、究極、土地や物資の所有なのであった。

志賀さんは貰《もら》った仏像を仏壇なしで飾った。師匠は買って同じようにして飾った。志賀さんも師匠もその夫人も、誰も神仏を信じていなかった。拝む仏像ではなく、所有する仏像だ。仏像という認識は師匠にあったのか、でも痒い睾丸をもむしかない弥勒を（不敬な？）彼は描いた。その所有する「財宝」をもてあます仏を。

欲しい骨董を求める師匠はとても感じよくて、他の人の所有物を貪ったりしなかった。お金を大切にして、無理はせずに、交渉の駆け引きもおっとりと楽しんでいった。少なくともけして川端康成のような行いはしなかった。「魁生老人」ではお小遣いがある時に即売会に行く、随筆においても、一年に一度来る執筆の税金還付で贖うと書いてある。それでも買えないと、お医者さんの後を継いだお嬢さんに頼んでいる。お家には藤原期のという仏像まであるのに、どこかで本物になる偽物を理想としていた。貰った皿や安いものも、拾った陶片も大切にした。さらにその自我において、彼が志賀さんと違うところとは、矛盾、多重性、不安定な皮膚、そのような地層の厚味である。これが、彼だ。それは本体の完璧な人間には持てないもの、本当の天才。近代的自我の先にある境地である。

さて、一方七通の手紙に戻ると、そこには無駄のない志賀さんがほっぽって行ってしまった完璧に合理的な結論が残っていた。要するにここで論争してみたって何も生まれない、ていうか、決着付けるべき事は全部、最短、一発で終わっている。志賀さんはそういう人、例えば以前に、既に師匠があげた色紙も見せた民画も拒絶し終えているから。ところで師匠はこの件（美術品）で一度くらいは、褒められたこと、あるのであろうか？

こうして志賀さんは中野を判定し終えた。会も辞めた。原稿は引き上げなかった。むろんその上で中野とは別に縁を切ったわけではなかったのだ。

ただ師匠はそれでもこの手紙が出てしまった後も、ずっとこの「天皇論争」を気にしていたのである。

「父ちゃん、今に新資料が出るだによ」と近眼黒目がちのお目目をくるんくるんにして、師匠が思ってたかどうか私は知らない。だけれどもどうあっても、志賀さんには、結局特権階級の問題が残っていた。天皇と志賀さんについてもやはり、師匠は納得しなかった。何かを次々と拾い上げてみたり、過去に帰っていったり諦め悪かった。まあ要するに、気になるんだろうね。師匠はどっちも好きなんだ志賀さんも中野も、なので何かあるといちいちそこに、戻ってみる。

中野と志賀さんの歩み寄りが欲しい？　でもどう見たって、志賀さんがいくら子供みたいだからと言って、渡した原稿も載せさせてあげて、時は過ぎた。ていうか志賀さんはもういない。

それでも中野の悲憤慷慨小説（私はふと、悲しみとやわらかみのある超級文句ったれ小説と言ってしまいたいけど）「五勺の酒」を師匠は読み返す。肉感的という言葉まで使って絶賛する。別に官能性という意味ではない。これを中野が志賀さんとのケンカを反省しつつ書いたものと平野は解釈し、往復書簡が出たって、安心、その評価は変わらない。そして杜甫のようだ、と中野を絶賛する師匠。むろん、このような太っ腹は白樺派からも党員側からも肯定されただろう。しかしこれでいいのだろうか、保守化する中野は、結局共産党をも批判してまたしてもその悲劇性を発揮、党をクビになった。つまりはひとりの芸術家に戻ったのだ。でもどんな時だって中野には成心なんかなかったのだ。

かつて中野はさばさばと天皇を批判していた。が、やがていつしかその論調が変わる、「五勺の酒」は生徒に突き上げられて嘆く酔っぱらい教師の視点から書かれる。けして中野本人ではない、はず、しかし、ならば代弁者なのか、生徒にやっつけられて権力にされる淋しさだの、人間的ではあるけれど、ちょっと見たくないものが溢れている。それならばもっと外から教師の行動とか衣食住を書くしかないだろうという気もするわけだが突き抜けてはいかない。しかし戦争で鼻、耳、唇をうしなった美男とか結婚している女性にだけ出来る座りだことか、そんなのはまさに、不毛ではない。その上にやわらかく重ねる問いの鋭さ、快さ、実の詰まっている、実感的語り、ともかく今はもう歴史的作品である。

こうして中野は天皇よりになったのか？　勝ち馬嫌いの、芸術家としての本音を出しているのか？　でも誰かはきっと怒ってしまって政治だ、アリバイだの、言うと思う。ただ、文章だけは生きている。しかし、いいのかそれで中野？　この共産党の「テンノーヘイカ」は天皇をひとりの人間として見て、捕獲されてしまった。作品は残った、でも君の人生は？　例えば共産党の議員と、自民党の議員、同期なら「人間として」仲良くするだろう。じゃあ捕獲されてもいいの？

結局中野は次第にこの見えないはずの闇を知っているかのように語る、人間天皇についての保護者になっていった。しかしいくら東大卒でも議員になっていても、中野は本当にそこまで判るのか、天皇の保護なんてアメリカの前に誰が出来たのだ。しかも戦前神だった方が今はもう人間であるって、それ、本当なのか？

共産党は国会開催の天皇が出席する日は欠席してきた。

特攻で殺された人も、自決させられた人も、その名のもとに死んだ。むろん特攻の責任者だけは逃げ延びて生きていて、それで九十超えた人もいたし、そもそも死にたくなくって苦しんで死んだ人ばかりだったらしい。でも結局は中野も、天皇の中に究極の単独者を見てしまうのだ。師匠も夫人も無論、志賀さんも神仏なんか絶対信じないはずで、なのに天皇についてこだわりを残している。あの方はあの方である、という事からしか話は始まらない。

まあ師匠だけは少し違うのかもしれないけど。「父ちゃん、なぜ女が金玉を磨くだかえ」なーんちて。しかもおとなになった師匠はさらにこの論考において、皇太后は女でないと思う、という。けしてファロセントリックマザーとかそういう意味ではなく。

なのに中野は天皇と和解しているのだ。が、……。

昭和五十年なら、広告代理店はもう動いている。テレビは皇室に既に一定の人間イメージを期待している。それは文明の中で生活しながら人間の本質をむき出しにしている、孤高にして神秘な存在である。例えば、かつて、彼の孫（五月から天皇になっている人物）

がグリコの工場を見学した時に「おたあさまのぶんも」と言ってもうひとつを貰ったというエピソードがある。するとそれがおっとりしてるという事だけではなく、人間の証拠として驚愕とともに、受け止められる。さらには留学した国で自分の財布からお金を出して人間人間と言われるしかない存在になっている。小銭を扱ったことがないのでお釣りを少なくする工夫が出来ず、つい財布が一杯になってしまう、というのがさらなる、人間の証拠になる。こうして少しずつ少しずつその人間皇族というものから人間のままで象徴になっていく、彼は選挙権がない。その上ですべての選挙民を納得させねばならないから、立憲民主主義者になる。国民の望む結婚をしなくてはならないから、子孫を残すしかない、というような、そういう彼、それでも、……人間なのだそうで。

このうんざりするしかないシステムに捕えられ、つまり「五勺の酒」により中野は救われた？　既に問題はない？　ていうか、平野も師匠ももうこの件で志賀さんと中野を繋ぎおえていて、うーん、でも自己満足だろそれ。しかしまあ今回この論考において、なんつか、「雑談」の方が、再度、これが問題になってきた。まったくっ！　志賀さんに対する愛ばかりではない！　「弟」平野に対する心配に溢《あふ》れている「姉」らしい師匠。

そして志賀さんを救うという課題がはみ出した（つまり天皇もまた）。

しかしこの時、彼が提出したさらなる「新資料」は結局、本人が焼き捨てた日記の中にあったもの（記憶？）に過ぎないのだ。それが小見出しだ、論考は続く（師匠、えらそうですびばせん）。

おおそうそうそう言えば、二〇一九年七月のある日、いきなりツイッターで始まった「この講談社文芸文庫がすごい総選挙」という偶発的イベント、作品部門の第一位がどうせやっぱりほーら師匠の『空気頭・田紳有楽』、ちなみに私は同位多数だけど十位になっていた。この、持っている人がその素晴らしさを比べるだけという非売り上げ戦においてこそ、師匠！　おめでとうございます。これ書いている途中だったので一層嬉しいです。私の「極楽」なんてそもそも、そもそもからずーっと全部この十位にいたるまで師匠のお蔭ですし。

6　特権階級意識の潜在と天皇への親愛感

さて、それでは、「志賀直哉・天皇・中野重治」、最後の小見出しである。「特権階級意識の潜在と天皇への親愛感」見てのとおり、それはこの師匠にとって一番大切な問題であるので、ついに中黒丸はどこかに消えてしまい、題名まで長くなって、いつもの師匠の素っ気なさが薄れている。

ていうか前段は結局、二人のあり方を判定するための資料と言う程度なのか？

そしてここでは師匠の主観を基に、志賀さんと中野の関係を師匠にとって、出来るだけ望ましいものにするための「検証」をする。とはいうもののまあ、私小説家だから、小さい主観ひとつでも安易に書いていたら、文章が浮いて細かい設定に間違いが出てくるよ絶対にね。

こうして「「暗夜行路」雑談」・「「五勺の酒」」の「五勺の酒」について師匠はほぼ望むような「結論」を得た。それは彼ら二人の天皇に対する保護者的労り感。

「この直感的受取りかたのなかに、私はこの私の尊敬する二人の芸術家の気質上の一致を見るのである」。

しかしその一方、……。

まだ「雑談」にあったあれが、残っている。志賀の欠点である、特権階級問題。

そこで師匠はこれを中野との関係以外の観点から書くことにした。

要するに、他のもっと悪い（偉い）連中と志賀さんとの比較を師匠はしてみたのだ。志賀がそんなに天皇と親しくはないという証拠による弁護、あと、偉い文学者と公家の比較、その公家側から見たランク感を使って（森鷗外も使って）志賀さんの身分を下げてみたり。これで志賀さんの特権を大分削ることが出来たと信じたい師匠。つまり天皇界隈には二種類有ると。

志賀さんは新参金持ちに過ぎない環境であり天皇とは冷静に接していただけだと、要はガチ公家との一線を引いているのである。単なる財産家の家であるからして罪が軽いと。

その上で師匠はたちまち論考のしばりを解いて小説家になってくる。要は見えざる天皇の行動と周辺のあれやこれやを、思い描けるように書いてくれるのだ。というわけで、私は思い描くが、別にそこには豪華なものや特権的なものとかいちいちわざわざ書かず、ただただ天皇と隣接した内側を描いているだけ、でも思えばどっちにしろ異様な話である。

例えば志賀さんは大正天皇から頭のつむじを調べられたりする。「二つあるから生まれ変りだ」と言って「放免された」とある。けれど、もし普通のつむじだったら、何かされるのか、ダレモシラン神事とかそんなのに連れていかれるのか、シユツされるのか？　だいたいねー、なんで、皇室がそんな事しているのだよ？　王子様達は「抱っこさせて下さい」と言われて抱っこされたり、……でもそんなのに対しても師匠は志賀をかばう。「私たちとちがって隔てが一枚剝がれているのである」というだけで公家に比べれば身分意識、少なめ、という事にしたいらしく、……。

たとえば一方、明治天皇のお小姓だった公家は、なんと、天子様が玩具の鉄砲でカラスを撃って追い払うという今ならあり得ないお姿を知っている、と師匠は比べてみせ（しかしどっちにしろ天子様は、普通ではないアナーキーな行為を出来るのでしょう？）ほーらお公家は志賀さんよりはるかにすごいよ、ね、違うでしょうと抗弁、必死である。さらには、ガチ公家が「つまりみんな徳川を憎んでいたのです」と言い切ったりするのを示して、これこそ志賀さんとの格差だと「感動」して見せる。

本物の古い公家と志賀さんとではここには、明らかに差があると主張してやまない。

しかし実はこの差がどうなのか私はあまり判らない、禁裏日常エピソード比べ、でも志賀さんだってすごいじゃん。昔駅のホームで美空ひばりがおとなに取り巻かれてゴムまりついていた、リボンして広がったスカートはいて、という話を聞いて「すごい」と思ったけど、天皇といる事はずーっとずーっとひばりといる事と似ているのかも。

或いはそこだけ時空間が歪んでいましたかね？　いや書いてなくても、警備がすごいのか。

特権階級とは何か？　私は戦時中なのにお砂糖が一杯とかそういう話でもあればその方が判りやすい。そういえば私の祖父は神主で伊勢神宮に行ったりしていたから、家は直会のお菓子を貰ったりした。子供の頃はこのお菓子の先に続く異様に豪華な神秘ロードが、とか皇室には、そんな想像しかしなかったものだ。そして、「すごくいいよ学習院文化祭すぐに〇〇様来たり普通の人でも入れるのよ」とか言われてもぴんと来ない。そう言えば、確かだめ連の人がひとり、そこの教員になっていたし、皇室人そのものに感激したりは出来ない。

おそらくは私の中には皇室すごい感が発生してないのだ。なので口きけるとか遊んでたと言われた瞬間に「わーっ」てならないと駄目なのになっていない。例えば私の「わーっ」はエルビン・ジョーンズだ。天皇については、むしろその後の奈良時代の志賀さんの家の方が贅沢に思える。つまり皇室エピソードでも、私には物質がないと何も判らない（高貴とは何だろう）。

例えば志賀さんは皇太后が奈良に来たときに、夜退屈で可哀相だからと言って「時代裂」という贅沢な図録、を「奇麗」で「女向き」だから貸して「あげよう」（うわーっ）といったりする。そこで、私は戦いてしまう。つまりそれ本物のアルヘイ更紗とか張ってあるのだろうか、それとも元禄時代の打ち掛けみたいなのが何十種類も、うううう、触れるのかい、と……。

皇太后に貸せるような古代切れの本。家の中が博物館みたいになっているのでしょうか。

しかし本は消毒すると聞いて貸すのを止める志賀さん。消毒で本が傷むと貰った人に悪いと来る。凄い、彼の目には皇太后も特に偉くない。むしろ親戚感ある程である。然し師匠的にはこれで志賀さんは庶民側と説得出来たらしい。さらに本当のお公家は、文学者なんか馬鹿にすると言うことをも続けて言ってみる。これは金井美恵子さんも引用のエピソードですが。

森鷗外と茉莉が電車に乗っている。茉莉がおしっこしたくなり、鷗外様困る。同乗していた「人の良い」公家園池公致は自宅に連れていきトイレを貸してあげる、とはいうものの、お茉莉が使えたのは書生用（従業員用）便所、森鷗外と知って園池はそうしたし、園池は森父をわざと貧乏な偉くない様子にして記録に残した。だったらばそれって本当に人が良いのかよ？　書生用は別にだけどわざと書くって何よ？　しかもそれが「冗談」なんだってさ、身分差が笑いになる世界なのかねえ。そうそう、そこが公家なのかもね。しかし師匠は半分方良い話に書いてしまっている。そりゃ取材対象への配慮かもしれないが、ていうか、回顧談を聞きに通っていたというし……。

（前略）八十八歳で逝去されたとき何故もっと頻繁におたずねしなかったかと悔んだが、（中略、そして知り合ったきっかけは）氏の随筆に敬服した私の編集者に出した愛読便りが氏の手許にまわされ、私が氏から思いもかけぬ感謝の御葉書をいただいたのがキッカケとなったという、（中略）急いで御挨拶に（浜松から笙野注）上京し（中略）亡くなられるまで親しくしていただいた（後略）

いくら年上でもこのお公家に対する言葉が丁寧すぎる師匠。だってそこまで鷗外に偉そうにしたのでしょう？　むろん、別に「ほら、お父ちゃんえらいんだよ、顔が利くんだよ」、とその時の鷗外はいいたかったかもしれず（だったら反感買うよね）、そして茉莉は幼児の頃にひとんちの廊下に大便のかけらを落としてしまったやつ（パッパが拾ったけど）、なので、……ていうかこの親子って所属階級とは別のところで、父親の帽子の大きさ含めなんとなく人に軽く見られていたから、そのせいで馬鹿にされたのかもしれないけど。

金井美恵子さんは茉莉の名を師匠が書かなかったことにこだわっている。だけどこれ本来の目的はひとつ、要は師匠が完全なる和解に向けて邁進する文章なので、そういう錯綜する要素を切りたかったのでないでしょうか？

そう言えば茉莉と師匠にはいくつも似たところがある。

映画好き、生き物好き、特に小さい生物。

奈良東大寺観音院の海雲さんの家のせまい木立の庭では、放し飼いの羽を傷めた烏が文字通りの濡羽色をキラキラさせて遊んでいて、主人が呼ぶと靴脱ぎに走り寄って来て、箸でつまんで口に入れてやるチーズをいくらでも食べていたりした。

師匠は自然で矛盾も受け止める人、昔実験に使っていたハムスターもお孫さんが飼えば可愛がる。池の金魚が食われてしまったら、食われた、と書く。その上でいちいち哀れをかけても仕方ないからとかそういうことは言わない。烏と飼い主を丁寧に描くだけでもきっとそれは人類に良いことなのだと信じていそう。何も見捨てていかない。いちいち、

「無駄な」事をする。しかしこうなると？　報いは来てしまう。志賀は小さい生き物を見捨てる時に自分の視点を神化しているけれど、それは旱魃《かんばつ》の時に農民から罵られる「いない」神だろう？

そう言えば師匠は時評で金井美恵子さんに厳しかった。甘えるなって言った。山下清になるなって。けど基本認めている。根本を褒めたからね。しかし富岡多恵子さんにもやや冷い。おそらくは森茉莉も甘えるな系に入るのでしょう。

東京新聞文芸時評にしたって、何かを論評する師匠はいつも、きっちりしていた。すごく切れたのはあの十一月だけ。

延々と志賀さんを庇《かば》い、平野を心配し、中野を思い、そして天皇問題を考えて、結局論考は短編より長くなった。そして……。

最後に、「上等ということ」という中野の追悼随筆を、師匠は半分「そのまま」出す。そこにあるのは、中野から見た時の志賀さんの人間の良さ、一本のビールを一緒に飲む関係の良さ、最後遠くから中野の家に、ついででもちょっと立ち寄ってくれた志賀さんのきさくさと率直さである。悪いことした、と中野は思っていた。

和解、和解、ていうかでも最初から別に仲良かったみたい？　ただいくらなんでも引用しすぎかも。ただ師匠は当時先端だった現代芸術、コラージュの技法に興味を持っていたし、こういう、したいだけする引用も白樺派には大切な実験なのかも、しれなかった。

ただし、あと少しだけだが疑問が残るのだ。

一本のビールを分けて飲んだ話の後に、中野は一緒に食事しなかった事を書いているからだ。判ってない中野はレストランについてきてしまった。これはあまりにも雨に打たれた小犬的だ。その事を師匠は志賀さんを責めなくとも引用している。ただしどういうわけか、中野全集と師匠とでここに違いが出てくる（後述）。中野の側だと、志賀さんは文士といた（らしい、中野ちょっとあやふや）。なのに「一緒に食べよう？」とか言わなかったのだ。どうしてなんだろう、網野菊とかそこにいる人に配慮したのか、予約人数だけの高級なとこなのか、今度は一緒にね、とさえ、言わなかったのか、そんなの中野には判らなくて当然だ。ただなかなか言いだしがたかったから志賀さんは優しいという解釈も可能ではある。でも「僕らはこれから食事を」なんて中野は僕らではないのか、ていうか、実は、……、師匠この時、志賀さんは家族といた、とだけ書いているんだね（また、庇ったのかも）。

しかし一方、それでもここまで和解出来た世界の中で中野はまた完璧に物を言わなければと思う。「文学者については文学だけを見ればいい」、と言ってしまう。でもその上でこの人に会えてよかったと。「詫びたい」で終わる完璧志向の文。

そして論考は終わる、「両者（中略）に対する」、「結論」であると、師匠は言っている。とはいうものの後段でやはり志賀さんが、性病かもしれない人が家に来たときに、食事を出さなかった事をわざわざ付け加えている。でも中野が志賀と二度目にあった時、他の客（と志賀さん）がマージャンを始めたので仲間外れになって帰った場面、それを引用していない。中野、可哀相。でもやはり最後はいい。追記があるからだ。これを読むと、志賀さんの人間性、ずーっと師匠が庇ってきたそれが、ついに救われる。

（前略）「世界」発刊にあたって志賀直哉と大内兵衛が「天皇制護持」の謳い文句を下ろさせたこと、またその会のメムバーとして志賀直哉が林達夫、中野重治、宮本百合子を推選した事実のあったこと（後略）

「父ちゃん、また新資料が出ただによ」志賀さんは志賀さんで世の中の事をこだわりなくきちんと考えていて、その上でしたいようにもして、結果、金剛石の自我を守っているのである、だから、それでいいんだ、というように私は、説得されてしまった。それこそは「はからいのない」心というやつ、雑誌も人事もちゃんと、やることやってた。

でもまあそれは私が師匠を好きだから説得されただけかもしれないけど本当に師匠は（この件において）我慢強かった。

しかしこれだけ引用しようと思ったら、どれだけの方法論と確信が必要か、こんなの習練してなかったら怖くて出来ない。

ちなみに、ゼロ和の昨今だからいちいち言うけれど、これでお互いに文学者同士である。戦後である。しかも党員作家の側から「純粋に文学的」という言葉が出るなかでここまでやる。さて誰が一体どの口で「文学に政治を持ち込むな」と言っているのであろう。言っている連中はまあ志賀と中野とついでに百合子も大江もなしで研究も論文も行けるのであろう？　とはいえ、……中野は口が悪いだけではない。しかも「こんな時に言うか」というような時に言ってしまう。それも「この人間関係で言うか」というど真ん中でぶちかます。しかし、「雑談」を読んでみるとこの口悪さもちょっと印象変わる。悲劇的なような真面目さを感じる。公共性、冷静さ、純真さ、でもどうしても言われた作家本人は脱力で読む気にならんだろうとしか、……。

それにしても、天皇の人間性、それはなんという困難な捕獲装置だろう。放置された一人の人間という仮構を含んで、中黒丸が怖い。

天皇という言葉が真ん中にあって、それ自体がすでに厄介さの宝庫、ていうか禁裏の闇に沈んだまま、浮かんでこない。しかもそれでもごくたまに浮かんできたときには「人間」の姿しかしていないのである、カオス。しかもこの方の名乗っていられるこれははたして肩書か、職業か？ 存在それ自体を表す言葉なのか？ そもそも二十四時間確かに人間である一方、権力はこの天皇に何かしらを常に委託しているのだ。国会も、稲作も、ていうかこの方は本来は我が国の稲玉霊なのでしょう（私の妄想ですかね）？

そう言えばこの春、あのＴＰＰ元年というかゼロ和になる直前、私は夢のさめぎわにアマリリスとアロハ・オエを聞いたりしていた。なんで？ と思ってたら、要するにそれはルイ十三世作曲とリリオカラニ女王作詞（一説にすぎないけど夢には出てくる）だからなのであった。それでふと、ならば我が国の君主は作曲をするのか作詞をするのかと考えた。そしたらいつの間にかぞーっとして熱が出ていた。改元はいつだって私の体に悪い。前の時だって本当に具合悪くなった。

人間天皇、だけどそれ以外の時、彼はどうしている。どっかに神の部分が隠してあるのかも、……。

とかいろいろ思って私はびびるのだがやはり、師匠はやってのける。

天皇について、師匠はこう書いている。

終戦の詔勅が下ったすぐ後の新聞に、二重橋前の広場に土下座して（中略）砂利に頭をすりつけて拝んでいる人民の群の写真がのった。（中略）それは、戦争は終わったが敵兵の姿は見えないという、形式的には全く平和な、しかし精神的には不安に満ち満ちた一瞬の時期であった。

あの空白期に遭遇した人々の肉体と精神を如実に描いてくれた人が一人もない。誰か書いてくれぬか。

べつにー、と笑うのは簡単かもしれない、とはいえ我が国、我が国びと、無かったことにしつつ、歳月を経た。すると三十年後、そこはもっと沼になっていた。自分が「なにもしてない」の作者だからそれを言いたい。中心に天皇、論じられないもの、不可解なもの、ていうか現政権との位置関係さえ的確に見えないものがあって国会がある。国家を統べる土俗がそこに鎮座している。

で？　師匠はさらに、戦争についてもこう書いている。合理性だけでは止められないと思っているのだろうか。

「戦争をやるとひどい目にあうから気をつけろ」という因果応報的なやり方はダメである。(中略)たとえ勝っても、そのこと自体が悪いことなのだからやめろ、と言う他ない(中略)そのときになったら、どんな目に合っても戦争に反対する決心をしている。それが私の「戦後」である。

最近共産党がパンフレットを出した。中野があれだけボロクソに云った天皇制について「天皇の制度と日本共産党の立場」という書名。「君主制の廃止」という課題は既に十五年も前に削除していて、党は天皇を国民のコントロール下に置くことを憲法八条を根拠にデフォルト化しています。大嘗祭等、稲玉霊関係の儀式に公費を使わないことを提案しています。さて、そこの党首は言っている。赤旗のオーナーが。私は引用する。ま、ViVi る理由もないので。つまり芸術家は嫌だったらいつでも離れるよ?

いったい、天皇の「代替わり」、元号の変更と、憲法改定がどんな関係があるというのでしょうか。何一つ関係はありません。(中略、でインタビュアーが萩生田自民党幹事長代行の発言を紹介する)「ご譲位が終わって、新しい時代になったら、少しワイルドな憲法

審査を自由民主党はすすめていかなければならない」（後略）

こういう事をするために使われる「ぼろぼろな駝鳥《だちょう》」。わざと悪い環境に置かれて、誰も買わないと処分されるし、狭いところにいるから助けないと、と言われるしかない、そのあり方は虐待商法の純血猫のようだ。「五勺の酒」はそこを書いているのかな？　中野は福井県選出で議員にまでなったけど、共産党ならば天皇の出席する国会第一日目は欠席しているはずだ。しかし彼とてけしてけして単なる国家対抗的な自我だけで生きていたのではない。ただそれでも私的なものを理解する事が不得意だった。特権的自我、所有する自我を。

マルクスが最後まで結局反論出来なかったフォイエルバッハは、人間の所有物として言葉をあげている。人は孤独であっても言語を使うとき必ず社会的存在であると。

要するに人は自分の言葉を所有して社会に向って行く。例えば私小説とは自己だ。特権的自我を自らの言語能力で宮中から奪還し、陋屋《ろうおく》に祭る、オオカミ神である（うちのは猫神）。

とはいえ師匠はけしてこの特権的自我が手に入るその特権階級の地位が欲しかったわけではなく、ただ志賀さんの書く夢の描写のような凄い文章に魅せられただけだ。

師匠は老年、あるいはコントロール不可能なまでの、肉体からはみ出る夢を見た事もあっただろう。私は最近、異様に疲れたときに長い夢を見る。と、起きてもしばらくは夢に飲み込まれていて、目覚めてからもなおどこまでが夢なのか、自分が何を持っているのかも判らないときがある。これが老年なのかと思い始めている。要するに意識はしっかりしていても体が弱っていて、すると夢はそれに付け込んで現実を侵犯し人間を乗っ取る。そういう、自我のない世界は怖いものに、見えてくる。

夢にも負けないほどソリッドな描法を装備した志賀直哉の文章に、若い頃から師匠はついていった、習練し正直に極めてから、違う様態の自我と向き合い、藍よりも青くなった。

天皇も、戦争も、論理だった実利的な克服方法は、けして有効ではないと師匠は思っていたのか？　それとも文学なんだから搦手《からめて》から攻めるのが正しいと思っていたのだろうか？　どっちにしろ剛直の師匠に逆張りはない。

まあ私はこういう師匠を全肯定する。志賀さんなんかよりずっと素晴らしい混交的な自我、さらに。

さもないこと、わかりきったようなことを、書き馴れぬ筆でクダクダと書いた。おまけに半分以上が引用という粗末さである。

いつもの言い方での自己批判だけれど、こうして自省する時の師匠は「肉感的」でもある。結局着々と彼は、天皇に向った時さえも自我というものに取り組んできた。近代が理想としているような拡張する自己への絶対信仰よりも、書くべき自己などないと言って茶碗をみっつ書いてしまった彼、……それは書く幻想世界の中の本当の現実にして、「理想的自我」の外の本当の「私」だった。

ひたすら拡張する自我なんか師匠は持っていない。だけれども関係性だけの自我なんかでいいはずはない。そこにあるのは小川国夫さんが師匠に関して言ったような、後期印象派的な光だけ、筆致だけ。その中に交錯する所有意志と関係性。

私ごときでさえも私小説を書くと、気がついたらその外側に出ていることがある。ましてやというか当然の事、彼の自我は彼の筆致に導かれて空飛び、確立される。一定の技術ででたらめをして、掌編と雖《いえど》も必ず、強烈に自己を切り刻んだ彼。「凶徒津田三蔵」でさえもその中には自分の体験をたたき込んである。要は自己に基き、文章を修行していけば、いつか水遁《すいとん》火遁《かとん》。水上を走り、三メートルその場で跳び、と師匠は信じていた。

そして私小説のもうひとつの原則。今書いているのは、それは、……。

必ず自分であってけして自分ではない。しかし、自分の肉体、経験と分かちがたくしてなおかつ、自分さえ知らぬあるいはもう忘れてしまった自分、である。それは千の断片としての自分である。

それ故にもし、自分が間違っていたとしても、自分の文章は自分を裏切らない。

7　このまま真っ直ぐ行けばよいのか？――『暗夜行路』・『田紳有楽』・越えられない壁＞＞＞＞「二百回忌」

　師匠、師匠、師匠、今、二〇一九年です、九月十六日です、時刻は夜です、台風通過後ですがそろそろまた大雨です。家は断水回避、停電もなかったけど、飛来物凄かったし近所の店のシャッター三枚も風で剝がれて、その一部は捩《ね》じれてしまいました。市内でさえ通路にまで、大木の倒れているところがあったのです。

　電気は県規模で大がかりの復旧が必要らしいですし、市原市他、直ったはずの停電戸数がまた増えたりして（これは何日か前の報道、つまり市原はここ、佐倉よりももっと大変、という事ですな）まだまだ不安です。比較的軽かったこの市内でさえ、今も停電しているところが六百戸（最初は二万戸以上）も残る（なお必要物資やその他のお願いは、市役所のホームページが刻々と更新中、……みなさんありがとう！）。そんな中南部は一番ひどく、館山の布良はあとまだ何週間も電気が来ないそうです。しかも今から南にはまた台風です。前の震災の時と同じようにして、ことに、老人を狙う屋根の修理詐欺や、いわゆる火事場泥棒が横行しています。

ちなみに私は血尿出てからというもの膠原病が悪く、その日も伏せっていました、そんな夜の台風十五号、……なすすべもなくてガクブルしつつ、やっと寝入った夢の中に、家の神棚の荒神様が現れ慰めてくれました。彼は白黒の子猫神ですが元は狼神だったという来歴の方。

翌朝はほんの少しの片付けだけど、でも道には大きい家の壁らしき板も飛んできていたし、庭にはどこかの車の窓の一部（うちは車なし、ついでに携帯なし）も大きく割れて落下していたし、むろん易疲労性難病の身、こんな時なのに申し訳ないけれどもまた、結局仰臥してしまいました（とはいうものの普段からいつ歩けなくなるか判らない体調なので食べ物や水、猫缶と電池は買ってあった）。昨晩も夢に猫神さんは来てくださって、お薬忘れてはダメよ、と教えてくれました。一方、……。

実在の老猫ピジョンは枕元にいてくれるものの、このひとはシェルターからもらってまだ二年弱のうえ、前の、独特に各々飼い主思いだった猫達とは違うタイプなので、徹底したマイペース、普段の要求を通したまま絶叫しまくり、なおかつ断水準備とおトイレ節水（予告解除後もしばらくは節水呼びかけがあったためです）用バケツの水を気に入ってしまい、廊下の隅に行ってペチャペチャと飲んでいる。

ちなみに？　この、荒神様ですが？　そう、こんな時に信仰、それも土俗的信仰ですが、もしこれを無神論者で西洋医の師匠に直接告げたら、例の、診察中の愛想なしな態度で呆れるのでしょうか？

いえいえ、ね、おそらくこういう時は名医さん程、「お、そりゃ良かった！」というと思います。ほら、師匠だって昔、お父様の血を使ったダキニ天の呪法で、不正な所有欲を封じてもらいましたよ・「一家団欒」。その他にもお父上は夜道で狐に化かされてしまった事もある程なので。

とはいうもののその一方で、やはりこのお父様は薬種問屋を営む薬剤師、理系であり、芸者などの昔風で官能的な存在を拒否して近代を志向する、冷静なお方でもあったわけです。例えば西洋人の名前が入っているだけのごく平凡な短歌を（推定それ故に）激賞される。何より教育熱心でわが子のうちひとりを医学生（長男秋雄結核で亡くなる）にして、続く二人（師匠と弟さん）は医者にしているという程の人物である。ならば根本は西洋志向、なのに、ダキニ天の呪法を使ったわけであって、しかしそれ、本当なのか？　うん、本当に決まっていると、私は思っている。

理由？　そりゃ師匠が私小説家であるから。でたらめは書いても嘘を書かぬ師匠だから、というだけではない。この、『田紳有楽』から逆算して、その存在にかけて、私は呪法は実際に行われ恐ろしい事に、一生師匠を律しつづけたのだと、信じたのである。

師匠、師匠、そういうわけで「今ここ」です、こんな大災害の下でも報道は冷たく、組閣ばっかりです、なので大風に脅えつつその場にいたところで、もしネットが無かったら、当座、何も判らなかったはずなんです。だって大震災の時も私が千葉県内の旭市の被災を知ったのは報道でであった。あれから人々は一層ネットを頼るようになったのでは？しかしお隣の東京の温度は時に、今も？低いようですね。郊外も東北も全て「ないもの」、ですね？

さてこの災害の中で文学に、ことに被災地の難病の「老婆（老婆なのか？）」のやっている文学に何が出来るのであろう？　しかもこの連作という制限ある場所において、文学に出来ることは？　ふん！　当然出来るともさっ！　そうそう、そう言えば本名で日米FTA反対の（九月中に署名するらしい、発効引き延ばせ！　助けて！）コメントなら関税局に出したぞ。それをここにも書いておく。ほーら私小説だ。

で、その他に？　そうですね、何かは？　できますとも文学は、ていうか、出来ることをするよ？　だって人間は出来ることしか出来ない。出来ないことはしない。要するに私は、……。

もう絶対にこのまま進むしかないとだけ決めてしまっていた、つまり。

地方とは何だろう、中央とはなんだろう、東京とはなんだろう、天皇とは何だろう、人間(それも身体)とはなんだろうと、この連作を始める時に追求しようと思っていたテーマをまた、さらに一層強く問うしかない事態が、こうして、まさに来たからだよ。同時に、この台風自体がその問いのシリアスな回答になっているわけで。ようするにそれは、どのような回答か。

そもそも、ここのところの打ち続く災害において、現政権はまず、関西、四国に冷たく、さらに中国九州にも冷たく、しかしそう言えば無論もとより東北北海道にも異様に冷たかった。そして今ここに、実は首都圏郊外、千葉にもまた、冷たかった、と明らかになった、という回答である。こうなるとおそらくこの国土全部において連中は米軍基地以外のものに冷たいのではないか、と結論せざるを得ない。

例えば、……もし来年のオリンピック開催中の猛暑に首都内で直下型地震があっても、二十三区全て停電断水しても、会場で各国の選手が怪我をしてわんわん泣いていても、やはりそれにもさぞかし現政府は冷たいことであろう。つまりそのような事態が来たとしたら、来年の内閣はたちまちマイアミ等に東京大地震対策本部を設置して逃走、日本にはいない。そこではむろんへらへら笑いながら握手をして、海外援助をたーっぷりと約束しているのである。というわけでこのような県難の下、例の、ネットでは国難総理と呼ばれているあの総理はコソボの大統領と楽しく語らい（志位さんはすぐに現地へ来てくれていたぞ）例によって援助の約束をやっているわけだ、しかもその後東京のピザ店「エンボカ」で会食しているわけだ（一方ピザーラは君津へも館山へも来て、ピザを無料で配ってくれていたぞ）。要するにその間彼の国民はテレビ水道電話も使えずトイレも流せぬ猛暑の下、どう見ても平均的貧国よりも「本当に困っている人々」になっていた・当然言っとくが今後も原発はいらん・だって地震の他にも風吹いたらあぶねいって判ったのだから。

そう、そんな中で考える。何よりも、天皇ってなんだろうって、前回やっていたせいもあって。

だってなんたって既に、東京からこの近距離でも避難所に、人は来ている、もしそこへ「本人」が行くと邪魔だと思っているのなら、別にそんなにお言葉とか言わないから、何かコメントだけでも出してくれればいいのになー。は？　お前君主制廃止論者じゃねえのかって？

それはそうかもよ、ただね廃止直前に、それはなんなのだろと考えてみるような「中立派」なのかもなー。

さて続きます、要するに地方とは何だろう。構造だけの中央から災害を見えなくされていても、実質が本質がそこに詰まっている。それは生きている細部にして、リゾーム、粒子、……。

師匠、師匠、師匠の生まれた地と育った地の濃い光強い緑、けして水割りではない強い空気、それはたった何回か行っただけでも、私を変えました。用宗《もちむね》の海も、五十海《いかるみ》の湿度も、師匠のお家のお庭の紅葉のあり方までとても、心に皮膚に、残りました、なので、その上で言いますよ、地方とは何か？　それはけして東京の道具、中央の搾取対象、などではない。物事の本質である大切な細部、器官なき身体の遊び跳ね回るところである、だからこそそこには、吉田知子がいて、小川国夫が育ち、その特異な小説を群生させたのだ。むろん、小川さんが言うようにそこは因縁の土地で、しかも師匠にとっての郷里は結核で死んだご家族の亡骸が、積み重なったところ、というのも真実である。その上東京が近いから学校も気軽に都心に出ていって、師匠も、お嬢さんも、あまりにも若くして地元を離れている。だけれどもね、それでも、そこまで、東京に近くともよ？

次に静岡に台風があったら現政府はどうするのか・どうせ放置しますよ、県民がいるのによ、だって日本中にＴＰＰを発効させてしまったばかりかとうとう日米ＦＴＡをかます連中だもの。自然災害が来る前に農業と漁業を世界企業に売ってしまった、今から病人も皆殺しにもする、そういう、連中ではないか。そもそも浜松なんて真先に水道民営化から狙われていたし。

でも、そういう「関係ない話」をついしつつも、私は師匠の随筆で、師匠が勉強に行った昔の窯《かま》の周囲から、地面に指を入れて器のかけらを掘り出すところを、今ふと思い浮かべてしまったのである。だって地方とは何だろうって今、言ったからね。おや、でも、そんな場面本当にあったであろうか。「土中の庭」だと同行者が見つけて差し出していたけれど。あれっ？『石心桃夭』に？　ない、……。

ともかく、ここは地方である。土があって歴史があって地形も湿度も何もかも実在しているのに、閣議決定で消されてしまう細部としての県民、本当は生々しいありさま。さらにそれと同時に、……。

目に浮かぶその地方を、土を愛する彼の動作、愛想のない顔でメガネ落ちそう、でも注意深くて、どことなく優雅（しかし茸《きのこ》とか山菜とかマタンゴは根性で取っていたかもしれない・まああれは仲間やゴジラと取るのが楽しいだけなのかも）。

結論？　究極、この人は養子さん候補として信用できた人、指先の土、大昔の破片、を大切にする人。手の中の一個の陶片を見ながら土も陶工も外国から来ていたかもしれないと考える人、細部を通じてこそ全体を受け入れ、大きい社会への批評性も共感も作ってゆく人。さらに彼の所有するものは誰かから奪うものではない。師匠は貪《むさぼ》らない、強奪しない。彼はただ妻方の家や財産を守る家夫長なのである。

では、このような陶器のかけらをつつましく拾って帰る師匠が物事の本質をみるとはどのような事か、それはすべて、中央と天皇とマスコミをはずすこと。ていうか要するに形のある、一見自我に見えるものをこそ疑うこと。

自我とは何だろう、ゴータマシッダルタの王国所有自我かあるいはニーチェの国家対抗的自我か、ちなみに私は所有系ていうか猫連れローン持ちである。無論その一方である種の対抗的自我も当然持っている。ただしそれは国家対抗ではないから正確には家父長対抗でもない、要はただの男性対抗自我、それも男体対抗かなー、だって家父長下りたことでもっと卑怯になり汚くなり、三次元ロリコンになって被害者面までしている暴言男体持ち連中、いるだろうに。

で？　地方とは何か、土着とは何か土俗とは何か、要するに情報もなく、現象だけを目の前にした時、人はどうするのか、という話である。共同体にすがり、家族にしがみつく、猫を抱きしめる？　でも、愛はそこにある。中央が見えなくしてしまった本物の水、空、土。

しかしそんな見えない世界において、自我は本当に我であろうか、とはいうものの、人はけして関係性のみを生きるものではない。関係性専一、そんなのは別にマルクス主義者でさえない、ただのドイデ、ドイツイデオロギー連中である。人間が個であるという事に意味を認めず、自然の脅威さえもかるくみてしまい、朝晩職業を変えるのを「自由」と思っている。それはただの交通専一の輩であり、肉という肉、粒子という粒子、自分という自分を知らないで生きている。

普通は師匠の作品について何か書くとしたら、誰が書いたってまず戦争結核人体実験拷問、人糞薬人肉食鳥葬強い性欲、それを自覚的にやっている師匠、その厳しい事をさあ書くのだっ、てなる。そして師匠はそういう視点から見たらどうしても家父長、妻は抑圧されれ、本人はいつもこわい顔、ていうか師匠は雄っぽい肉体と態度を持っているとされていた。でも、しかしね。それはやはり一面はそうかもしれないけどでも……。

彼は性欲に悩み自分のペニスを切ってしまおうとした男である。性転換する事を夢見てみた事もある。というか志賀さんと比べるとその優れているところは、自由で明晰な特権的自我を、許されずに育っているところではないのか。

まともな評論家は「悲しいだけ」において彼の妻の他者性を指摘するであろう。しかしずぶずぶに邪道な身辺漁り私小説家は、その妻の他者性がいきなり出現して主人公の家父長制を追撃するような可憐なものではないといいたくなっている。妻は言いたいのだ。当然でしょあなた、だってどうして？　私があなたの家のお墓に入るべきなのよ、本来のあなたは養子じゃないんですか、と。

若き日の彼は優秀だし容貌も感じ悪くないし、何よりも無欲で気のやさしい、次男だった。二十代の終わり、彼よりはるかに若く小さく、八重歯の可愛い、女性が現れた。彼女は師匠の頭から靴までを両手でしめしてひとこと、ただこう言った。「これ全部ちょうだい」。

おとな買いというより特権的所有者、女の志賀さんだね、夫人はまじものの無神論者、オートバイと鰻の生産地浜松から銀座のショーウィンドウの内へ自然に入ってきて、さて「これ全部」とは何か、三点あるジャケットを日本における一点ものにするための総じまいなのか。もっているインナー全部と合わせたいから、色違い全てかっさらうという完全主義なのか。そんな特権的所有の自我、夫人は三味線の名手で絵も描いた趣味人。師匠はたまに偽物摑まされる（わざとか？）骨董買いの名人で、世界一の私小説家である。

昨年お邪魔した師匠のお家の庭、そこにあった石物の仏様達の中、ひとつは理念で彫ったように清潔な童女菩薩、赤ん坊の時のかぐや姫を思わせる。そのお顔は端正で写真で拝見する夫人に似ていた。実に、石で刻まれた童女の顔とは弱々しくないもの、激烈でちんまりして清々しい。そしてもう一方に女性形の仏様。こちらは大きく著作集第六巻の写真に出ているけど、お姉さんぽくて豊満でがんこそう（大庭みな子さん似？）。ここのお庭には現地で気に入って外国から「運んできたの」だとか、その他にもあったけれど気になったのはこの、二つでした。

小説の中で師匠が好きな顔として書く肉感的な二重顎と大きい黒目、黒目はともかく顎は時に世馴れしたずぶとさを思わせるもの。しかし、そんな印象は別に、このどっちにもない。まあ外国の菩薩の方はけしてそんなにとがった顎ではないけど、要するにそれは仏様の二重顎で、そこにはでくでくした不摂生さもない。むろん外国の仏でもえげつないのはあるけど、別に庭に聖天さまとか置いてるわけでもない。師匠の推奨する女性の目鼻だち、おそらく実際と小説では違うと思う。「ワルにならないと駄目」って私と対談したときの小川国夫さんは言った。彼はまた師匠について、汚穢《おわい》に触れざるを得なかった汚れない人物がその本質、と言った、その汚穢とはまさに戦争と軍隊。つまりセックスではない。

彼は家夫長。家を継続させ「名跡」を引き受けた。

ちなみに菅原の方のお家は下のお嬢さんの本子さんが継いでおられる（本家の本なのか）。最初からそういう約束で赤ちゃんの頃に籍を変えたと。ところで師匠のお兄さんは秋生まれで秋雄、上のお嬢さんも秋生まれである。しかし音はアキだけれど文字は違う。つまり師匠の主人公の名前とお嬢さんの名に使った文字はまったく同じである。なんとなくいつも、小説でも生活でも気が付くと誰かと重なっている師匠。だってもともとのペンネームだって。

身内が次々と故郷の土に返る、そんな結核の死を眺め欲望を相対化して育った師匠。父ちゃんに従い、兄弟を心配し、家族のために死ねると平気で言う彼、でもそれでも師匠は、青春時代に芸術を見つけた。自分でマルクス主義に影響を受けたと言いながら、平野、本多、平野、本多、と言い続けながら、二人よりもまだ政治とは一線を引いて、芸術を守った、志賀さんを見付けて、彼らよりも文学的に先を行った。

東京に出たし、映画にはまった、志賀さんを好きでたまらない師匠、お父さんの医者になれ、という期待を背負いながらも、落第する師匠。

師匠の自我は生きるために獲得した文学の自我、ならば友達との対等な交遊とは違い、志賀さんとのそれは自分の魂を手に入れようとする空中飛行であった、なので、……私はまた中黒丸の小見出しを付けた。

つまり志賀さんと師匠の作品を対比してみることでその自我のあり方が見えるのではないかと、しかしどさくさにまぎれて拙作もそこに付け加えてしまった。でもこれはこれで仕方ないのではないか。だって私小説と「私小説」について考えている私が幾ら小物だって「私小説」家なのだ。だったらこんな時に使うものといったら自分とか自分の書いたものに決まっている。

要するに私は本来の師匠の考えに背きながら、つまり師匠が神と仰ぐ志賀さんより実は本当は師匠のほうがはるかに人間の自我を描いて素晴らしいということを、なんとか書こうとしてここまで来たのである。ていうか師匠読者の推定九割九分九厘が必ずそう思っていると信じてきた。まあ師匠に面と向かってそんな事言ったら、ガッ、となってずーっと怒ってしまいそうだけど、だってそもそも、……。

師匠は自分の作品に執着がないし自分自身を攻撃するのと同じようにして作品を作っていくのだから。しかし一方私のこのような見解について、師匠の読者の中にもたった一厘、反対するであろう方もいると思う。例えば？　それは？　それは小川国夫さんです。むろん私にとってこの小川さんも仰ぎ見る神ではある。だけれども、私はただ私の思うところを私の「茫界偏視」を述べるだけなので。

つまりそのためにこそここまで、けして代表作ではないどころか「心覚え」でしかないものを、折角この人について書ける機会というのに、数々の小説の傑作を放置しておいて「志賀直哉・天皇・中野重治」について述べたのである。しかしこの論考、相当な読者でも、いや、これはちょっと意図が判らないしと思っていたりするもの。つまりここでこれを取り上げている私こそが、え？　お前それじゃ小説読めないある系統の文芸評論家と変わらないだろうって言われかねない態度で。

でもその意図は志賀の特権的所有的自我と中野の国家対抗的自我という分かりやすい構造の、つまり普通だと大きくて偉いと思われるもの、その正反対なものの間で揺れている自我の、見えにくいけど素晴らしい師匠自我に焦点を合わせる行為だった。

『暗夜行路』というこの四文字、試験にでも出ないかぎり、絶対に書かないで自分は死ぬとつい最近までずーっと思っていた。でもそう言えば師匠はこれが好きなのであった。それも前編第十一章の夢の描写に彼は、魅せられたのだ。

で、そんな『暗夜行路』について、……師匠は好きだけど志賀さんとは根本縁のない私が偏向して読み、その結果言うと、それは。

金と権力に恵まれた志賀直哉がやむなく出来ることをしてみたという「宿命的困難を克服して書いた」小説である。

そう人間は結局出来ることしか出来ない。何が出来るであろうかそれはただ出来ることと。例えば——時任謙作の宿命の出生、母の死、祖父の愛人との因縁の下に生きるということ、つまりこれって師匠のような家族のしがらみからまったく離れて、独特に自由を生きられるということではないのだろうか？　さらに中野重治から批判されたしたい放題の出来る金力が行動の自由を支えている。自由という、逃れられぬ宿命の中を彼は漂う。さらには身分上の自由をも泳ぐ。白い子山羊を愛で、白いテーブルクロスに零れる美しいペパーミントの酒を眺め、社交場で気まぐれに選んだ女性と人前で接吻のふりをする生活、召使は下目に見て容貌等馬鹿にするもの、縁談は自然と来る、そして万能の知識は自然と身に付く、そういう、一流の物質や衣食住が平気な生まれ育ち、で？

関係性があれば、それは金で買うもの。俺はこれをしたい俺はこれが欲しい、俺が俺が俺が、遮るものはない……。

そんな中、彼を支配する他者それは彼の気分だけなのである。なので気分ばかり書いている。実験室のなかに放り出された個体のようなクリアな頭で、彼はそれを書く一匹の虫を。すると世界がよく見える構図になっている？　しかし、そこに所有物であるはずの妻の不倫疑惑が現れると、彼の内面他者である彼の気分は、結局は妻に左右され乗っ取られる（終）。クリアな実験室で語っていた時任の語りさえも、最後には妻に乗っ取られてしまうのである。

母親を失った一面光源氏的単独者が、妻によって単独でなくなり消えていく話。特権的所有者が関係性に侵犯され負けていく話、彼は恵まれた環境を実験室として、結局は個体が個体でいられなくなってしまう話を書いた。脆い話なのか？　国家に向けてひとりで対峙して義務を果たすと言っていた存在は、妻に奪われる。だけれどもそんな志賀さんの夢の話に彼は魅せられた。

『暗夜行路』前編十一章、それはソリッドな自我が見る強烈な夢だ。実際に行うと死んでしまう性交の方法（師匠は相撲の技を連想して、これを体位だと思ったようである）、「播摩」の夢、この「播摩」という言葉にまず師匠は引かれた。でもこれは妻に乗っ取られる事の伏線のひとつにすぎないのではないのか。誰かにかかわり合うと死ぬ程の高く脆い特権的自我、罪悪感よりも、恵まれた環境の中でたまたま発生した一見強固な自分。むろんそれをきちんと自分の出来る事として、志賀さんは書いた。

そりゃ確かに凄い。夢を書くというと私ごときはすぐに、さあ自分を割ろうとか、皮膚だけになって書くとかそんな事しかしない。夢は個がないから使えると思っている。でも志賀さんの個は夢の中でも強固だ。播摩の話の後、便所に行ったらそれも夢だった、支配してくる情欲を夢で見たら詰まらない存在だったのでいっそ「清々しい気持ち」とか、まったくもうしゃあしゃあと夢で言ってしまっている時任。夢を見たと最初に指定の一文があっても、夢の個と現実の個が「播摩」の後にも前にも何も変わらない。

例えば私ごときは文章を詰めて無駄を取っていると一応ソリッドな形に整ってくる。しかしそれは一行に出来るだけ情報を詰めたための結果に過ぎない。だけど志賀直哉は取るといってもおそらく最初からクリアなのだ。多分環境から意識から普通の人間と違う。それは強烈というより、師匠の「心覚え」にあったような形のきれいな自我、祖父の愛人と何かあっても、「播摩」などという言葉ですみ、死ぬ性技、で終わり。むろん圧倒だけど、でも、志賀さんが清々しいと思ったとき、普通の人だったらもう死んでいなくなっている。そんな夢は凄いと思うけど今自分の生きている世界では使えないものだ。

この連作において自我について私はずっと書いてきたと思う。しかしそれを今からまた結構書く。

例えば、小川さんは言っている。師匠は普段に自分の事を僕という事があると。そうですそうです。

師匠は確かに対談などで雄っぽくしていると自分で俺と言っている場合がある。とはいえあの時、一回だけしか会っていないのに、私は小川さんの言う「僕」を聞いた。

その日、師匠は担当者に迎えに来て貰って、一緒に現れた。ただそれでも待ち合わせの時間や場所が違っていたらしく（随筆の通りに、彼はこういう時グリーン車のホームで待つ）というか師匠がただひたすら間違えていたらしく、それでもいろいろ編集者に苦情を言っていて（これなぜか可愛かった絶対嫌われてない）、編集者は愛想良く丁寧に話を逸らしていた。要するにそういう事はよく起こったらしい、ていうか生きる大変さの中に師匠はいて、それは私においてもっとしばしば、起る事であった。ただ私は誰からも迎えに来てもらえないのでひとり彷徨《さまよ》い、むしろ言い合いにならずに生きて来られたのだ。「あの時もわたしたち叱られてねえ」ってA野K子さんがいつだったか、その日の事を懐かしそうに言っていた。「そうそう、それで」、会話が進むと師匠はまた別の事でちょっと怒っていた。

平野さんの奥さんが埴谷さんの奥さんの葬式で師匠の車（お婿《むこ》さんの運転）に乗ったけれど、荷物があるからといって師匠たちの車をコインロッカーに寄らせた、というのだった。すると中から大根や白菜が沢山出てきた、途中で買ったものだと。しかしなぜ師匠はそんな妙に細かい苦情を言ったのか「いや、僕はいいけれど婿に悪くてさ」と。

養子に来るべき人、であった師匠。ならば跡取り娘さんのお婿さんに悪いと思って当然、今ならば判る。婿と舅《しゅうと》というより、もっと気を使う感じの優しい師匠。

ちなみにこの「いや」は師匠の口癖であって本来はもっと強烈な否定、しかしこの時の私にはちょっと言いわけぽくて、凄く人に気を使う人という印象であった。なおかつ、小川さんに言わせれば師匠は小川さんのところに来る時（但し老化する前）は凄い体力で足音をカツカツさせて来て、いきなり「いや」という激しい言葉で会話を始めたのだと。でもこの「いや」というのがなぜか「僕」に続いている師匠。こういう事なのか、と『田紳有楽』の自我を私は考える。

師匠には俺がない。特権的所有として所有するものがない。いつも家族のため友達のため、例えばあの時は婿さんのため。まあ逆張りの意図は私にはない。むろん普段の師匠を知っていた人から見たら、こんなのはただの妄想かもしれないけど。でも、ならば、文学的自我を保持するため師匠は「いや」というのではないか？　或いはいつも自分を戒めておくために許されまいとして、「いや」と言うのでは？

判っている、私は知らない人に対してただ空想しているだけ。

それでも、例えば方向音痴とか肉体のきつさとか、そういうエーケル方面、そしてなんというかリアルリアリズムがどうもやってられんが、決して現実から逃げているわけではないのだよ、という実感においてだけ、私は、師匠についてゆける。つまり夢のような現実、構造無き本質、そういうものについて、権力がスルーして行く「中核」についてならば、私ごときでも把握しているから師匠を感知出来る。それは私という茶碗のかけらで汲む大海の水、そこにはまさに水の物質感しかないけど、そこで素の師匠の横顔が一瞬見えるであろう、と……。

そもそもが『田紳有楽』には、私の、そういうしょうもない読みでさえも必要だと思った。つまりはなんでもやってみる、総力戦ですなー。今も日本にこの作品を評価する人は多いけれど、長く本当に愛されているけれど、人々はただ凄いと言っているだけだ。だってまあ本当にそうなんだもの。今までだって、私も彼の文章しか読めません。凄いとしか言えない。でもこれは百年ごとに浚《さら》って調べるべき池、いろんな方法でやってみたらい?

そういえば匿名掲示板にかつて師匠のスレッドがあった。これ実は大昔とんでもない場所に、時々奇跡の良スレが立っていた事があったそのひとつである。研究者とマニアの巣になっていたけれどしかし今は壊滅、あるいはどこかで腐敗しているかもしれないのだった(なんか検索しても見つからなかったし今は目があれであまりネット見てないので)。そこには師匠の顔が好きだとずっと言っている人や、やはり文章凄いだけ言っている人が居た。その中で私の「二百回忌」も『金毘羅』もけなされていた。影響受けたらしいがあかんねー、あれ、みたいに、むろん受けているだろうでもどういうわけなのか「最初から」似ていたよ私。なのですーっと染み込んだのさ。

昔「二百回忌」の原稿を渡したブランショの好きな二十三歳の編集者から、師匠のお葬式を使ってこの小説を書いた可能性について、少し仄《ほの》めかされた。でもそんな事じゃなかった。お葬式の間、ずっと泣いていた。否応なしに、師匠の生きていた、というか師匠を作っていた地水火風に打たれて私は帰ってきた。光も緑も重くて豊かで、伊勢よりずっと暑く、そして風が強い日だった。赤ちゃんが泣いていて襖《ふすま》が倒れて、お蠟燭《ろうそく》は赤や金の紙と綿で、お坊さんが「私小説作風を得意とす」とお経のように言った。現実がそのまま生々しく死後の世界に繋がっていた。羅漢さんのような顔の小学校の同窓生が二人、彼の本名を呼んで会話していた。でも「二百回忌」の舞台は実は、書き出す十二年も前に、奥津という三重県の駅を取材してあったものを使ったのだ。克明なメモがあったから三日で八十枚、お金が必要で三日で八十枚。今それは中国語やロシア語に翻訳されている。ただね、師匠はもうお骨になっていて、それなのに私は会いたかった。そんな時、生と死を混交する風土に触れて私は……。

当時なんであんなに自分の文章が平気だったのか今は判らない。今もだけど昔のはなおしたいところばかり。

私が受賞した翌年の群像パーティで、「彼はなぜ来ていない、短編を書かせなさい」と師匠は言ってくれた。彼、であった。師匠がそのために号泣してあげた彼、それはきっと小柄の五十がらみで、色が黒くて少し歯が出ている顎の張っている、替え上着のオッサン、替え上着はそうとうに日焼けしていてチャコールグレーのチェックとかそんな感じ。なぜあの年私は行かなかったんだろう。行けば会えたのに。
でももし行っていたらきっと師匠は「この人誰」って思っただけかあるいは、「ああ、君か」って言うだけなんだ。なのに『金毘羅』、「二百回忌」、だいにっほんシリーズ、全て彼の影響をうけているのかもしれないと今思ったりしている私、私。その影響とは何か？　それは神の俗人化、場と時空の変形、私小説的自己の分裂、……ああ、でもそれならすべて、『田紳有楽』だ。

「二百回忌」を書こうとした時も、むろん『田紳有楽』を私は知っていた。私が書きたかったのは二百年に一度蘇りのある家系、なんというか全てを混交して明るくしたかった。その時のポトラッチな先祖祭り、だけどどうやって死者を生き返らせればいいのだろうって、するとなぜかふと一行目から、そのまま行け、という考えが起きたのだ。どうしてか、多分、嘘とでたらめは違うからだ。「瀧井さん」でない事をするのは勇気がいる。でも。

それはひとことで言うと夢の一本道、まっすぐ行けば良い、どこかで見て知っていた。真っ直ぐに行けば、見ていてくれる誰か、『暗夜行路』・『田紳有楽』＞＞＞越えられない技術の壁だけれど。やってみる。だって師匠ももう、書き出しからだった。

8

「夢、夢、埒もない夢」、「エーケル、エーケル」と、……師匠はこだわりなく作中に書いている。とはいうものの『田紳有楽』は常に、自覚的に書かれている故に成功したのであると私は言いたい……。

『田紳有楽』の「舞台は時空・霊肉の融合体」で「それをそのまま」、師匠の「自然と呼んでも差しつかえないような」設定と小川国夫さんは考えておられる。

ところが、その、書き出しにおいて「昼寝を終えて」（終えて？）とまず彼は書いた。昼寝は計画か？　ガテン系の場合はすでに仕事の一部だというが、終えると言うからには次にすることがある。さらには、「外に出た」とある。

主人公は冒頭からあるモード（現実）を終えて休息（内なる日常）を終了する。これは合図なのだ。すると彼の自我はみっつに割れて池に沈んでいる。外は無論、既に通常の外ではない。師匠はその一行アキでもう、マイトレーヤになる。

そもそも、師匠は小説において、嘘を書くこととでたらめを書くことは違うといっている。彼にとってのでたらめとは、事実と繋げて偽りを書く嘘とは違う。最初から事実でないことを書くということだ。他の典型的な私小説家と違い、そうしなければ「私」を書けないのだ。

瀧井孝作氏のように「生のまま、素のまま」事実を一分一厘ゆがめず飾らず書きつづけて、しかしそれが不動の芸術作品たり得ている人は、いっこう演技を必要とせず、実生活もビクともしないのである。

私は私小説家ということになっているが、やはり演技もしないし生活も変わらない。(中略)自分の書いた嘘にのめりこんで、それを実生活の上に現実化するほど一途な情熱家でないからである。

そういえば師匠は売るための著者近影で外国にて気取ったポーズを取るとかそういう作家(意外にもていうかそんなのほっとくべき手合いでしょう)をも真面目に批判している。そして同じ真面目さでこう言っている。

一方で私は、いくら誇張し嘘を混ぜて真の「私」を表現しようと試みても、自分の力量では到底ダメだという気がしていた。だいいち私には私自身がまるでわかっていない。描くべき私が分裂していて、それをリアリズムの方法でとらえようとすれば、支離滅裂になるにきまっていると思った。それでどうせ支離滅裂をやるならヤケをやってやれという気になっていた。

眼科医として接触する事のある盲学校の生徒の「自分の顔をなでまわして作り上げた」彫刻に彼は最初拒否的であった。しかし「我慢して」見ているうちにそこにある「一種異様な現実感」が「リアリズムそのものの与える実在感にちがいないことを知った」。

「隠れた「「私」」を込めた「「私」」を多少なりとも今までよりは表現できるかも知れないと空想して作にとりかかった」、その他にコラージュの技法にも師匠は引かれていたのだけど、でも、そうやって書いた「空気頭」の後になぜこれがある？　何故になぜに？　技法なんかより一番の武器を使うことに結局戻ったのではないか。それは文章一発、エルビン・ジョーンズのシンバル右手一発二百色、みたいなものなのであって。しかし彼らははたして、本当に天然だろうか？　エルビンは言っている。自分は努力だけだと。

要するに今私ごときが見つめている、私という茶碗のかけらに過ぎないものが汲んだ一滴の水、それは私小説の「私」を如何に書くかという問題である。

すると、『田紳有楽』とは何かそれは「あまりにもリアルな日常茶飯事を、淡々と描いている正直で丁寧な身辺雑記である（これ別に誰の引用でもないですカギカッコははずすと別の意味になるという意味で付けています）」。まとめれば自覚的天才の文章アクロバット、鎖で封印した棺に閉じ込められた奇術師のする、海底脱出の大マジックである。以下ネタバレ注意ってそんなの気にしないですよね（笑）、本文の素晴らしい描写引用はこの紹介の後で。

一見骨董マニアを装う、通称磯碌億山（居候奥さんなのか？）は自称弥勒菩薩、しかし結局は人間の肉体に縛られた老人性掻痒症に苦しむ存在、である。浜松の繁華街裏手にある彼の家の庭には池があって、二枚の皿、三個の茶碗が沈めてある。その目的は贋の年代を付けて「本物にする」ためだ。で？　唐津と備前の皿はおとなしく泥を付けられてそこに沈んでいた。一方、三個の茶碗はすべて化け物でいちいち口を利く。おのおの来歴を語る。というか中のひとつは冒頭から、池を出ると人間に化けて億山の部屋に座っている。

要するに化け茶碗屋敷に化け仏が暮らしている話である。茶碗のサイズは別にキャラを変えるためではないのだろうが大中小とある。ただ語りの順は小中大になる。

まず一番小さいの、それは滞在三年程の志野のグイ呑みである。彼は、池の中を動き回り、金魚と性交して子を作ったともみえる。しかし通力はそこまでである。

もうひとつは滞在十年程度、偽物の典型ともいえる柿の蔕《へた》である。これは抹茶茶碗で、しかし、本当にひどいね？　柿の蔕だって？　そんなの本物あるわけないだろうが、ていうかお人好しの名医さんに柿の蔕見せて「本物です」っていうやつが百万人いるのかよ？むろん作中ではどうせ偽物ですよ、みたいな事を言われて、平然と偽物を買ってくる、つまり億山もイカモノだから。ところで最初に部屋で座っていたのはこの柿の蔕である。白いシャツの小柄な男だって、人間の名前を名乗ったけど今は伏せておく（ややこしいからです）。

さてこの明白な贋《にせ》茶碗は水のあるところを潜り空も飛んで池の外を動き回るし、さきほどのように、人間にも化けられる、故に億山が家にいても外に出ていてもふいに小男の姿であらわれ、骨董買い付けについての講義をしてくるのだ。他には貝谷歌舞麗（かぃ、ぃ、ダニ、カブレなのか？）とも名乗っており、ジーパン姿でバーのホステスと仲良くしてみたり、その他にこの柿の蔕は蟇や鼠を取って皮を剝き、それを手土産に阿闍梨《あじやり》ケ池の主、実は初代の主の院敷尊者（インチキ損じゃなのか？）を殺してなりすました、無宿人の黙次（二代目）に取り入ったりする。無論騙しておいて彼を殺そうともしているのだ、つまり三代目になる事を狙っているのである。

なお、取り入ると言えばこの弥勒にも彼は骨董講義以外に、車に乗せて海を見せたりぽっちゃりした若い女性を紹介したりして取り入っている。

ところで、ちなみにこの黙次というのも実はすでに殺されている。本当の名前はサイケンラマ、チベットから本邦までたどり着いたもの、但し偉い坊さんではなく元は男色のラマの愛人で無教養である。梅毒になっていて「ほがほが」言っている。しかしここまでもう、何が本物やら偽物やら判らぬのだ。はっきり言って読むたびに頭がこんがらがる、ただそれを越えて圧倒される文章の凄さの臨場感と具体感と細部の正確さ（それは後ほど引用しまくり）で、なんでもかんでも、宇宙からも砂漠からも遠い時空からも、浜松中の眼球を知りきった眼科医のでかい手で、ガッと引っ張ってきて、読むものの目の前に置いてしまうのだ。

すると読者はそのこんがらがった世界が実は宇宙の本質だと納得してしまい、世界の複雑さの迫力に打たれ、なおかつなんでも醜く書いているかのような化け仏世界のそのかんどころにおいて、見事に浮上して来る正確無比な美や、淡いが故に貴重な悲しみに打たれてしまう。

しかし、そこで油断をしていると主人公は結局、自分の痒い金玉を擦っているというわけなので読み手もいきなり叙情から放り出されてしまう。要するに、だったらこっちも、へらへらの化け茶碗やばけ仏に化した上で、構造を抜け、心を奪われ、彷徨う事の中にひそむ真実の触感、その貴重さの極楽に誘われるしかない、のである。

さてここに最後のもうひとつの茶碗というのが、丼鉢。それは一見金属か土かも判らない外見、ふちが欠けていて骨董好きにも判別出来ないので一応「丹波」と呼ばれている。というのも「わからんものは丹波としておけ」という、別に国連決定でもなんでもない、単なる業界推奨の骨董一原則（イカサマ界だけなのか？）があるらしいのである。そしてこの丹波さんは池滞留十六年の先輩である。が、……。

まったく円朝の落語のようになんという因縁か！　実はこの丹波こそ、かつてのサイケンラマの持ち物であり、托鉢《たくはつ》の器だったという「偶然」ぶりである。要するに丹波それは、チベット、って私、なんとなく納得してしまったが、理由は不明。さてでもこの彼はならば、一体？　どうやって日本まで来たのだろうか。けしてサイケンラマについてきたのではないそれは今まで読めば明白である。

要するにサイケンラマはこの托鉢丼をかつて、チベットにいた頃、人に上げたのだ。その持ち主に従って、丹波は日本に来た。しかし億山の家に来たからこそ、そういう過去を思い出したのかもしれないのである。というのもこの家にはチベットの骨笛が置いてあるから。億山が笛を吹くと彼は懐かしくて、つい家に、化けて上がり込む。

ところで丹波の持ち主、それはチベットにおいて戦後日本で天皇が「イカサマ」と判ったことを確かめたいがために、帰国しようとしていた日本人スパイ（しかしこいつも最初は誠実なチベットの青年僧のふりをしていたのだ）山村三量であった。あるきっかけでサイケンラマは自分の丼鉢をこの山村三量に贈ったのだが、その時にサイケンラマの妖術とともに、丼鉢は投げられ、割れるかと思うと、空を飛び、ここで足が生えた。さらに人間に化ける能力も出来た、この時に彼はまたサイケンラマから滓見白（サイケンハク、と師匠の本名を少し変えた読み）という名前を与えられた。さあ、なんという邂逅《かいこう》かお釈迦様でも知らぬ仏の与三郎、もとい、偽阿闍梨の正体に気づいた丹波はこの元の主人を殺してしまった。すると同じ獲物を狙っていた柿の蔕は、あぶれてしまった。

ちなみにこの柿の蔕の方は勝手にサイケンを殺そうと狙っていたので早くから成り代わろうとする相手の名を名乗っており、億山の前では滓見《カスミ》と自称していた。でも結局はサイケンにはなれなかったのである。

ああ、なんというややこしい、……というわけで師匠は愛想なくこの柿の蔕の方に滓見

A号、丼丹波の方に滓見B号という名前を途中から付ける。

あぶれた柿の蔕はしばらく来なくなるが、しかしそう言えば彼以前、弥勒のところに現れてひとつの徳利を差し出していた。それは備前の海上がり、このあたりで弥勒がただの骨董マニアではないと判る（すいません前後して）。そう、実は彼イカサマ茶碗に年代を付けて売り飛ばす算段、ではなかったのだ。そこに執着はない、むしろある程度観察してゴミの日に出しても、と言いはじめる。なんというか彼、解脱し始めているのではないか？　いやいや、結局は人間でいると食っていくのが大変、だから陶器に化けたいのでモデルを求めているっていう事情だった。

つまり弥勒が地上に現れて説法するのはここから五十六億七千万年後なので、その間年金とかもないし、ずーっと稼いでいくの大変じゃないですか。仏と言っても別に、別に「天から給料が来るわけではない」って勝手に下天しといて、まあ面倒だから陶器に化けといて、その時が来たら仏姿に戻る予定。それも美男美女よりは男っぽい仏像の形になりたいって、しかし……。

ホモサピエンスの仏師の作ったものに似せて、宇宙の弥勒になりすますと彼はいうのである。結論？　どう考えたってこんなのただの化け仏であろう。というわけで、……。

徳利を買いに岡山まで電車で行ったり（弥勒はものを知っているだけで移動には通力と

か使わないらしい、このルールが良い）自分で拾おうとして潜ってみたりするけれど、結局決まらない。しかしそんな中、地味に金魚ひとりを守り、上昇志向のない志野のグイ呑みは、ついになんとなく本物らしい容姿になって来る。というとなんか救いがあり、さらに旅先で出会うのがまたお富じゃなく地蔵、これがまた人間臭く、具体的本質から釈迦を語る、仏像イコール仏だみたいな陶片的な世界に触れられる上に、解脱の親身な感じがまつわってくる。この時、すさまじい本当の「自然主義」を感じて、おそらく、読者はしみじみと思う……。

いいじゃん化け仏、世界宗教イラネ、と。そして、……「仲間たち」が億山の家に次々とやって来る。骨笛を吹く、有名なシーン「オム　マ　ニバトメ　ホム」、「ペイーッ」、田紳有楽、田紳有楽。

「実か妄想か、わしは知らない。わしがここに居るのもおまえがそこに居るのも、嘘か本当かわからないではないか」

って（内容紹介でした）これ普通に私小説と考えられているものと一見すごく違うけど文章それ自体は頂点を究めている鍛えぬいた私小説のもの。さらにその一見違うあり方とは何か。結局は元の本当の私小説におそらくは一番近いものだ。「私」は、たとえば天井を見る、虫がいる、それをただ書いてみる。何も気にせず目の前を見て、根本自由であること、正直であってかつ、技術を尽くすことをやってみている。すると、……私はどこにいる?

そう、これは、俺じゃない僕がやっている仕事、表層の自分を消してこそ出現する、本質的僕の技、但し「僕って何」とか言ってるのではない僕。例えば? 僕、という時は必ず、その前に「いや」というんだね、そういう、自我の二重性に苦しむ僕、或いは欲望がないけれど自己主張を求める僕。柔らかい故にふんばるしかない、とどめ自分がなにかも、「判ってない」真実の僕。

9　さあここで国語の試験問題です、これを書いている僕はどんな人か？

まず、二重性の人、ペパーミントの酒も女選びも真っ白な子山羊も彼は書かない。傷付いたカラスや水中のイモリを愛し、その割に時任と違って出生の秘密もない。しかし、なぜか本当の誕生日は戸籍とは違う。二つあるのです。

次男から長男の代わりとなり、養子同然に医院を引き継ぎつつ姓は変えず、医者にして作家、は？　よくあるケースだって、しかし。ダキニ天の技法でリセットされた自己に無神論が入っているというのはどうだろうか？　あとマルクス主義と芸術、志賀さんと中野、重りが二つ、常にバランスが必要だね。

その他に、欲望の薄い人でもある、好きな食べ物は梅干し沢庵、よく食べるのはチャーハン、会を作って食べているのは丼物（これ私小説の嫌いな丸谷才一先生とはえらい違いである）、でもけして味が判らないわけではない。スッポンのスープを批評する舌はある。

体調が良いときに食べた日本料理のコースメニューを不思議と気に入って、彼は珍しくもエッセイの中に書いた、しかしそれは食欲のない老人が一口ずつ食べられるあっさりした海鮮の連続である。服は夫人が銀座で買ってきたのをそっくり着ているだけ（でもその選択に満足しているはず）。

さて、ちょっと余談ぽいけどここで「新資料」です。

既にどこかに掲載されたものかもしれないけどカラーで頂いたので。提供は元の、藤枝文学舎を育てる会の代表S本さん。この写真で師匠の着ているお洋服の色合いが実は新資料である、と。さて場所はどこ？　師匠のお家である。そこに小川さんが訪問中、座卓には骨董の茶碗、小川さんは白のシャツに赤と黒の縞のネクタイ、いつもは白皙《はくせき》の美青年という様子なのに、珍しく日に焼けて巨岩化しています。すると師匠は小さく華奢に色白に見えて……。

しかしなんか師匠、お家にいるんだのに素敵なの着ているね、写真だとベストとともにセーターなのかカーディガンなのかちょっと判らないけど。ともかくこれ春秋のニットですな？　そしてこのグレーの濃淡の軽さとふんわり感普通じゃない。というかなんという爽やかなグレーだろう。もしも師匠が室生犀星なら森茉莉に、絶対これ取り上げられているはずだが？　え？　お茉莉はこういう男物着られるのかって？　だって彼女実は師匠よりも身長が大きいのだ。ならばこの素材の良さと清潔感を見たら欲しがって止まらない、それはおそらく、さぞかし、……。

師匠が小川国夫さんのお家で故郷の宿場の平凡な徳利をじーっと見てしまい、貰ってしまったのと同じ手順で、手に入れるのであろう。しかし師匠の着ているものは著作集の背広でもネクタイでも、実物見せて貰った革のお帽子でも、本当に選択が厳しいのだね。

そもそも、小説だとなんとなくご自宅さえ小さい化け物屋敷を想像するけれど本当はピカピカのきれいなお医者さんのうち。師匠の遺品を見せていただくので、なんと寝室まで入れて貰ったけれど、ふいに入ってもちりひとつなく、新しい家のようにきれいになっていた。

ところで前回との関連において、唐突に言いますが森茉莉の不幸は何？　それは森の着ているボーダーのニットがそんなによいものに見えない件。

あと前回も書いたけど例の共通点、それは何かをかばうと文が少しだけくどくなること、加えて森の方はガラスに執着、師匠は骨董が気になっている、そしてその他には、……。

お、余談が逸れていく。

二人の共通点、それは泥棒をしたときに父親が叱らず褒めたところかもしれない。「泥棒をしても」、「お茉莉は上等」。一方師匠のお父さんは。「ええ子だ、ええ子だによ」。

そう言ってダキニ天の呪法に使った、自分の血を飲ませた。究極の身体性。

薬剤師のお父さんが自分の血を師匠に飲ませて、彼をええ子にして真人間にしたのである。そうすれば近代的自我ごとき、たちまちリセット、出来るのである。さて、ところで……。

西洋においてキリストは血の代わりにワインだから一応儀式的だけど。しかし我が国の、ダキニ天それは土俗であるとともに動物神ではないか。つまり狼様でもダキニ様でも霊験あらたかで綺麗好きで、そして本当にきつい御方ならば、祈りの代償に本人の死体を取っていく。むろん、食料として（動物神だから）。なのでお約束がある場合火葬出来ません。でもだったらお父様、それ一生に一度しか出来ないお願いでしょう。次男さんの万引き位で使っちゃっていいの？　不良化させといても別に死にはしない、と思うわけですけど。

ついでに言うと化け物茶碗達、誰かを食うとその力が貰えると思っているのではないか。ほら、丼鉢は元の主人サイケンラマを殺したあとその肉片を食べ、血をすするのだ。

医学生だった師匠のお兄さんは土俗を拒否していた。その彼に使ったのはダキニではないようだ。でも結局土俗は土俗、それは魚を割いて胸に張りつけていく（河童の呪法なのか）、ところがそれでお兄さんは小康となる（代償は何か）。しかし結局西洋医の判断が、最良ではなかった事も関係あるのか、ふいに悪化して亡くなってしまった。こうして土俗は彼の人生に影を落とす。当然根性入れなければ無神論者になれない、かつ、志賀さんの無神論専一と比べると構造的に柔らかいものにならざるを得ない。

それでもがんばって激烈になるしかない彼。いつも誰かの影響を彼は受けていて、引用する時はずーっとずーっと引用して、ただし何を受け入れても彼は彼のままで平気にしている。むろんそれこそが至高のオリジナルだ。

友達や家族と一緒にいて、共感能力も高い師匠、その大きな乗り移り能力、他者を容認して内蔵さえしてしまう混交的自我。それと同時に近代的個人として自分を攻めていく厳しさも持っている。自然科学、無神論で理性を支える。で？　師匠は「でたらめ」を書く。神はいないけど付喪神《つくもがみ》のいる世界？

主体を飛び移って化け物を書ける彼、人間でないものに乗り移れる師匠、それは茶碗が人間になっていく様子を描ける才能。欲望の道具が欲望の主体に、たかが？　アニミズムだって？　欲望とはなんだろう、物を人にし無を有にする、神無き世界の神。欲望は万能か？

この欲望を、食べ物着るものと検討してきまして、さて性欲です。

五十七歳で、「僕」は老人のふりをし始めた、性欲はもう「僕」を苦しめなかった。温泉に仲間と行く、すると？　若い女性二名が混浴であるかのように、十二区画もあるその大きい浴室に侵入してきた。しかし、彼は無関心である。そもそも迷惑でさえなく、というか気が付かなくって、気が付いたら、ばーか、とかそんなことしか思わない。ならば、女の方の風呂が狭いのかとここでまた相手の立場に気をつかう彼、しかしなんか連中は自撮りをしているらしいとやがて判明。実際師匠は白内障で近眼なので何も見えないのだが、ただ勝手な撮影のために来ていたということを、随筆にばーか、とか書いておくだけである。ところが、……師匠の著作集の貴重な月報の欄において、もてているだろう流行作家がなぜかそれを大層な事として書いてしまう。次の月報に別の人の筆で（後藤明生さん）、全員のためにもなる訂正が出る。要するにそういう師匠である。その上折角その好きな温泉に入る会に、行ったとしても、例の老人性掻痒症がひどくて痛くてお湯に入れない場合もある。とはいえ既にあのちょん切りたいものからは自由である。さて、その上で残るものは？　結局、骨董かな？　あ、でもそういえば最後の何かが……。

仲間と一緒においしいものを食べてゆっくり話す会、会場を探し、その料亭に条件を飲ませる努力、おのおのがそこの主人に売った恩を提示して押さえつけんばかりに説得していく、そこが一番楽しいらしい師匠、つまり人間関係が殆どの彼。

無欲な彼の所有物とはなんだったのか。医院は違う、家も庭も、でも池は魂、……。

そう池は魂、だったら、水は樹は金魚は？　さて、『田紳有楽』において庭を構成する様々のものは何を表すのか？

10

池は魂、水は欲望の通路、茶碗は割って沈めた自我、水棲生物は過去の記憶　え？　そんなのあらすじ紹介の横にきちんと纏《まと》めとけだって、しかしそんな事したらあのめくるめく錯綜《さくそう》がぶつぶつに切れてしまう。ていうか既に支離滅裂寸前だし。なので引用もどんどん、後ろに纏めます。

池は魂、それは彼の自我が水という曖昧さを使って様々な他者を受け入れ、記憶や心の疵《きず》を浮かべて泳がせる場所。

そこに好きな水棲の生き物を放しその姿を書く、観察し続ける。彼は自分をばらばらに切って水に放り込む、他者も放り込む、書物の中にある他人の記憶までも、そこは弱肉強食の世界、自分に冷たい師匠が放置した自己を眺めるための、しかし魂を生きるための安心な水辺。

私はついぞ池に餌を撒いてやったことがないから、魚たちはみんな四六時中腹をへらしているのだ。おたまじゃくしを入れておけばザリガニが夜のうちに尻尾を食いちぎり、動けなくなった頭と胴体は鯉が飲みこむ。鯉は蛙も食う。田螺も食う。

本当はあの黒目をくるんくるんにして、計量スプーンで真面目に粉の餌をはかり、それでもあげすぎで夫人に怒られていたのではないだろうか。医学の動物実験の場面には蟇も出てくるけど、師匠はやはり地面よりも下に生きる、水棲の生物が好みだったもの。魂の池、彼の憎んだ性欲と結核もこの池には記憶になって住み着いている。しかし性欲は多分歳月が食ってしまった。結核は大切な血族とともに行ってしまった（ていうか、ここはなぜか夫人のいない世界である）。

戦争の記憶はいつも浮かび上がってきて彼を怒らせる。

金魚は過去だけどやっぱり生き残る。

「背部の体色は余り見事とは云えぬ朱色であるが、それが腹のあたりでいったん白く呆けたのち滑らかに張り切って銀光を呈し、この部に赤色円形の斑紋が境界鮮明に現れて（中略）あたかも象嵌されたように周囲を雲母様に光る細かい鱗片」で、「半透明の腹鰭が八の字形に短く垂れ」、「三叉の尾が紅葉の薄葉のように朱色に染まって」

或いは幼い頃にぼーっとして眺めた芸者さんをもっと端正にしたものなのか、とはいえ師匠の書く美とは、べたべたの描写ではない、正確さの結果である。

師匠は自分を醜く悪く書く筆で好きな「女性」を美しく書く。しかしその一方で身内の(つまり人間の)しかも結婚する女の子の姿をけなす・「鷹のいる村」。「美しいとは思わなかったが」、「幸福を感じた」と。言わなくとも良い事を。そして変な老人を書くときは好きだから書いている。悪人は嫌いだろうから悪く書くだろう。だって、彼は真面目だし。「女性」というとその他にも例えばユーカリの樹という彼女がある。季節毎に美しい、しかしこれは過去ではない。彼の気分を反映するとともに時間と季節の流れを預かるパートナーである。これも悪くは書かない。まあ全部は引用できないから、……。

ユーカリの大木これは夏の終り「秋の透明な光のなかで、ゆっくりゆっくり身体を揺すっている」、「赤味を帯びた軟い新葉が隙間なくふきだし」「タンポポさながらの丸い花がぼってりと群がりついて」、「白い綿毛のような雄蕊を不断にこぼしている」、「朝ごとに数羽の鶫がやってきて飛び交いながら」

おおそうそう言えば第二回で引用しますと言って放置した、つまり本作中の一番最初にあるユーカリの描写それを今ここに（すびませんね、これ重要なところなので）。

いつもは二階の窓の半分をふさいでいるユーカリの大木が今は視界全体をさえぎるほどに膨脹している。（中略）小枝まじりの葉が一面に散り敷いていて、拾った掌で揉むと特有の芳香が鼻を刺した。

池は魂、水は生命、木は環境、作品冒頭不可能を可能にするためにそれは水を含み、「膨脹して」、現実の視界をさえぎって魂の世界を、池の外まで引き出してくれる。それが一本の世界樹の役目であり、そう、師匠は何をするのもこの、パートナーの機嫌次第（これでもうのっけから茶碗は化けられる）。

樹に萌える師匠は、自然観察的医者にして巫者《ふしゃ》、無神論者の師匠にとって樹は彼の女神。しかし毎日庭で見ている以上実体を備えている。それはそのままの現実を写しても彼の心境を表すものとなる。彼の描いた妻が本当の妻と正反対であったのと同じように。

「母？　ぜんっ、ぜん、ちがいます、おしゃれなひとで、父とは言い合ってケンカも」

お嬢さんがずっと、伝えようとしていたのはここかもしれなかった。

近代的自我を彼は持とうとした。しかし持とうとする以前から持っていた池のような魂、器のような自分、それあってこそだった。戦争結核で師匠を捕らえているとなんというか、勝手に言うけれど、まるで戦争結核のために師匠が居たようだよ。でもそれでは彼が可哀相すぎる。

師匠は芸者さんと隔てられてメッチェンに結婚を申し込まず、夫人と知り合って看病して、そして、骨董を集めようとした。すると彼は茶碗になった。空を飛ぶ茶碗。

海上が思いのほかの荒吹きで風圧の変化がひどく、高度を千メートルにあげると身体が揉まれたすえにでんぐり返しをうって墜落しそうになるので（中略）私の身体はもともと粘りの弱い土でできているうえに、最初の焼き締めの火度が七、八百度であまり高くなかった（中略）もとが食器だから（中略）そのための重さと丼型の深い内刳りのせいで風圧に弱く（中略）しかし江ノ浦の入江はあいかわらず美しかった（中略）秋の光がすこし膨れたように緩んで海面を撫でていた（中略）「おれはもともとはこういうとこが好きなのだ」と思った。

この乗り移り能力、成り代わり機能、ていうか意志、技術はすごい。平気でここまで書ける腕力と視力。「方向音痴でした」。うんそれも使っている。

水源近くの地下で網の目みたいに分枝している暗黒の水脈に入りこむと、道に迷って幹線道路に出そこなったすえ逆戻りしたり（中略）それできのうは（中略）下水管を伝わって新川に入り（中略）再び下水道づたい（中略）佐鳴湖（中略）浜名湖（中略）入ってみると私のねぐらなみの臭さで、（中略）途中で、（中略）半腐れの鰻の死骸十匹ばかりと行きあった（中略）

その帰り道、原発の冷却水のせいで発生する「何十万とも知れぬ水母」の噂を「天竜」の「大鰻」から聞いている茶碗、「狙って食う」その味は「煮こごり」ではなく「すきとおった消しゴム」、「鮎が減ったんだ」、「うまくも何ともねえ」。

水はエーケルを薄めるもの罪悪感や気後れや体調不良を越えて、でも欲望を沸き立たせる精神の生命力、むろん生命力というものはけして美しく澄んだものと限られてはいない。外から取り込める便利なものにも限られてはいない。

それでも水は師匠の絵の具であり救いである。

この水を汲んで人間の欲望を叶える道具が、人間のような欲望を持ってしまう事さえ彼は容認する。というか茶碗に仮託して、恋愛、世間、時空、とみっつの欲望を考察する。まずグイ呑み、もし僕が本物の長男なら十六歳のメッチェンに結婚を申し込んだだろうか。

次は偽物柿、もし僕が愛されないで育ったなら父を殺しただろうか、志賀さんにとって代わろうとしただろうか。

最後丹波、もし僕が水のない砂漠から日本に帰ってきた戦中日本のスパイならば、天皇が本物かどうかを確かめるのだろうか（師匠もひどい目にあっているからね）。この戦後と世界全体をどう捉えただろうか、さらに僕を捉えて自我の弱い「ええ子」にしてしまった、あのダキニ天の呪法を越えられるだろうか。

チベットは土俗のていうか人間仏教の本場、僕らが忘れたものがそこにはあるかもしれない。しかも人の骨の笛は今僕の手元にある。

欲望が生まれたというより強いてあえて、頑張って欲望を持ってみようとした僕。

僕は骨董がほしい。所有する事で俺になれる自我の骨董。志賀さんは僕の骨董を認めてくれなかった。だから僕はもう偽物から始める。まず明らかな偽物を池にしずめて、観察してみるのだ。そして勝利したのは一番小さい彼、ところで彼の子供は本物なのか、だけどそれはただ、内面の池の、魂の救いなのだ。他の茶碗たちもC子に魅せられて、いろいろ言うけれど、しかしつまり、一番小さい彼がそう信じれば。恋は本物になる。

「グイ呑みは確かに変容していた。異様な、生きもののような無気味な気配が、全身にただよっていた」。「掌を押し返そうとするような弾力」、「つくばいの水で洗ってよくよく見ると」、「志野釉の艶っぽい白さと滑かさは」、「室町期の名碗白天目の肌」、やがては「桃山期の名品としても充分通るであろう」。

しかしその一方、茶碗に夢をみさせる（でもまた売る気にもなってしまった）彼本人は、作中においてさえ自分の肉体から逃げられない、というこの絶対的設定……。

「例の老人性掻痒症が頭をもちあげてきた」。「まず頭の皮」、「掻きむしると、むしるにつれて痒みは増し」、「背中、両腕の内側、脇腹、それから耳の穴」そして「最後の痒み」が（何回読んでもここは畏怖の念に打たれる以下略）。

これは微風が静かな水面を叩いて縮れ波を起こすような具合に浅くサッとひろがるから、気を転ずる目的で寝台から下りて二、三歩あるいてみるのだが（中略）結局は遊離した玉の皮の両側を（中略）渋紙を揉むような具合に力一杯揉みしだきながら部屋じゅうを鶴のように脚をあげて歩きまわるのである。（中略）そののち洗面する。

この「鶴のように」っていうの「群像」掲載の時入っていなかった。私はこれと「そののち洗面」というのに戦慄する。これは恐怖の所有物を所有する苦悩である。関係性の存在ではかれるものではなく、逃れる事も出来ない、けして磨いてはならない金剛石の？玉、それこそが仏教的苦悩と言えよう。

……ほら折角エーケル美しいのにまたかいているでもそこは浄土かも。体を拭って、かきたいところをかける（天皇も消えている）。

「夢、夢、埒もない夢」、「私は身体じゅうを掻きむしりたい」、「身体を拭い」、「皮を両掌にはさんで力一杯もみしだいた」

何もかも知っている弥勒の彼、知ってるに決まってる、だって僕の内面に起こっていることはすべて僕の記憶だから、私小説家だし日記は付けている。手紙もまめに書くからその結果多くのことを覚えている。そしてこの小説を終えたあと肉体のある作者であり、語り手の僕だけは当然生きている。だから僕が弥勒である事も当然の事だ。しかし、そればかりではない。彼は別の意味においてもやはり弥勒なのだ。仏となるべき、人身を受けて。痒みから、極楽へ。その、エリートコースへ……。

とはいうものの、なんというか、弥勒って有名すぎ。けして馬鹿にして言うのではない。富士信仰の生き神でも、新興宗教でも、ミロクを名乗る。タロットカード切りながら「ほらーほらマイトレーヤですよー」って出てきそうな感じ。

師匠の私小説『田紳有楽』はこのように「でたらめ」と称し、一切のお約束的リアリズムの手足を縛ったまま、真っ暗の崖に飛び下りても、体から文章の翼を生やして空中浮遊した世界文学。その浮遊により背後にあらわれるのは、輪郭をなくして初めて判る世界の本質だ。それは曽宮画伯のまっ縦にのびて物質化したあの巨大な虹の飴が、さらに一億本も並んでいて、もう食い切れない極楽、なのに親しみ深くてビールの酔いのように体感出来る世界、ちなみに師匠も読者代表で版画家の青木鐵夫さんも、この縦一本の虹を見た事がある。オーバーザレインボー、本物の仏様と会話出来るカフェ。見られる触れる、だらしない仏達はとっても気さくです。

宇宙のブラックホールに釈尊に弥勒、つまり大きいもの、骨笛にグイ呑みに茶碗に丼鉢、これは小さいもの、そしてユーカリと金魚、魅力的なもの、人肉食、主殺し、恐ろしいもの、すべてが同じ平面に並んでいて、何億光年という距離までもが部屋の中をぐるぐる回っている「オム　マ　ニバトメ　ホム」。

ちなみにこの「妙見がやって来た」という妙見は元が北極星の神格化なので視力の神でもある。確かに作中では億山のところに来ただけだが、でも実際に師匠は眼科医である。医者仲間が来たのか、あるいは自分の医者的側面が神格を備えて現れたのか、それってフォイエルバッハが言う、自分の最高部分を拝む人間の本質、師匠の場合なら職業指導神だ（地図で見たらお家の近所にも妙見さんはあった）。

（釈迦は）「人が死んだ後どうなるかなんて一度も云ったことがなかった。生まれかわるなんて云ったこともなかったしね」

実は師匠の私小説を書いてゆくためにヤフオクの骨董を見て回った。

いやー素晴らしい、どれもこれも大変に偽物臭い！　ほら師匠これすっごく偽物ですよって、もし渡せるのならプレゼントしてあげたいのあった。とはいえ、……。

それでもさすがに柿の蔕は少ない。これはもう偽物好きでさえ手が出しにくい程に、「無理」なものなのか？　ふうう、李朝白磁だったらいーっぱいなのになあ、しかもそんな中にひときわおおお、来歴不明個人蔵という絵に描いたような李朝？「白磁」？だってもう白内障始まってて角膜の傷と眼球の老化も合わせて既に相当なことになってい る私の目が、ネットの小さいウィンドウを覗いてさえ判るもの、……すごいですねなんかこの茶碗の底とろりとしていて、その上へ嵌入《かんにゅう》や罅《ひび》が透明に浮いて少し緩んでいる。たった四十年で、表面に薄く飴がかかったようなとろみまで出ている、つまり、偽物でしょう。勝手に命名四十年李朝ですな、うちにあるおみやげや東寺の二百五十円も四十年目でちょうどこんな感じで古びているからね。ちなみに五千円からのオークションなのだが。さて四十年間、どこに浸けてあった？

あ、そう言えば、親の家に二百年くらいの伊賀焼き花瓶で鉄輪あるのと、推定半泥子《はんでいし》のぐい飲みがあるけどこれは別にとろけていないですね。むしろ伊賀焼きなんか超平凡に見える（しかし今半泥子偽物のような気がしてきました）。昔この伊賀焼「師匠にあげたいなあ」ってうっかり言ったら母にすごい憎悪された。言っただけなのに（さて、宴もたけなわとなってまいりました……）。

「ププー、プププー」、「デンデンデデン、ドドン」「ジャラン、ジャラン、ポラーン、ジャラジャラ」、「ガーン」、「ペイーッ」「愉快、愉快。大黒おまえも手を生やせ」、「二本ずつ腕を足して四本の撥をつかんで」、「丼鉢も浮かれて空中に浮上し、ブーンブーン」、「かくて一同の演奏は」、「ヒマラヤの山中に戻り」

「万物流転　生々滅々　不生不滅　不増不減」（以下略）

「オム　マ　ニバトメ　ホム」

「ペイーッ　ペイーッ」

「田紳有楽　田紳有楽」（といいつつ妙見も痒かったりするからこれは本人だ！）

11　最終回に仕残したもの？　しかしすべて日本も、とうとう、最終回なのかも？　――やめろ一億焼け野原！　審議拒否しろ（後述）日米FTA#

師匠、今、十月十二日です。台風が来ています。時刻は夜九時になったばかりです。とうとう暴風圏内に突入してしまいました。しかしそういえば前回も、私は台風を書いていたのです。そのためになんだか双子のような書き出しになってしまいました。但し、お詫びしません。要するに、「そのまま書いた」、真実を書いたという事です。

というのも、……。

先月の群像は十一月号。そしてその十一月号において拙作中で記録したり「描写」したり、その周辺についての「心境を述べたり」した台風は実は十五号だからです。

繰り返します。つまり十一月号に載っていた台風は十五号です。そして今ここ、この十二月号に載っていて私が今から殆ど実況で「描写（ひええ）」せざるを得ない台風とはこの、現在戸外で吹き荒れている、十九号です。要するに違うものなんです。しかもこの台風十九号というものが台風十五号よりもっと大きく、こんなに大きくなるという事と、ここまで、史上かつてない程に恐怖されるべきものであるということとそして、うわーっ……。

既に既に、全部の行を三点リーダーで終えてやりたいくらい、意識も時間もこの大風がぷつぷつと切っていきます。頭が瞬間停電する程にいちいち怖いです。

あっ、なんか、今、……一瞬、二階の床の下を風が吹き抜けました。むろん、下はリビングで猫が寝ています。しかしそれが風圧によって「無い」ように感じられる。浮いているのです。誰が？　部屋が浮いている。本当に意識が切れそうです。とはいうものの。

これ確か一回目の恐怖だったあの十五号の、つまり十一月号の時に体験したショックと同じような「飛び」なんですわい。しかしあの時は一晩のピークにそんな怖いのはたったの一回、むろん怯えていて、その上痛くて動けない程に熱も出ていたけれど、でも病が「幸い」して夢現の中でのたった一回でした。通算で一回、それがピークだった。

ところが今月もまたしてもこの設定でしかも、のっけからです。それも暴風圏突入の直後にとば口でたちまち、その上今回ははっきり意識もありますから（怖い）。で？　どうやらこの十九号は前のよりもひどいというか、史上稀らしい。いや、前のだって結構稀だったけれど、もっと、という事らしい、……仕方ありません。

ただ今回は「幸い」にも体が動きます、というわけで準備だけは出来た。

とはいえ、その準備というものがはたして？

千葉では実際に竜巻まであってその後竜巻注意情報までも出ていたのです。先月私はオーバーザレインボーなどと平気で言っていた。そこで佐倉にも本当に竜巻が湧くのだろうか、ってなって、ああそう言えば以前に……、市内かどうかは忘れてしまったけど近くで本当に竜巻がありましたよ？　するとこれはどうしたって、……。

おおおおお、竜巻に台風、いくら準備しようたって根本、防げません、それでも、前の体験を生かし、こうなったら私はこの恐怖を十五号と比べて「綴って」いくしかないと決心しました。というのも（えーいもうこうなったら、三点リーダー月間だっ）、……。

この連作は師匠について書いた私小説で、その上私の師匠は世界一の私小説家だったのだから。ならば、及ばずながらもこの自称弟子の私も、「私」を、目の前を書こう、と。まあそれでも私ごときが「綴った」って大したことは書けないけど。ただね、ワープロの前でここまで怖がっている人間は少なくともこの周辺では私ひとりだけだ。じゃあ書いておこう、とはいえ、これ実に嵐の海の板キレに同じ。私はもう振り回されながらでも、キーボードにしがみついているしかなくなっていた。するとこの私のこのような執筆は？

はたして、業か？　習い性か？　脊髄反射なのか？

答え！　目の前に来た事実を個人的に限定し狭める事によってむしろ、その「体験」や思考や心境を狭いままに、あくまで個人主義的な個人へ主観として伝えていく、芸術への試み。しかし、まったくそれにしても……。

台風がうち続けば台風は日常だぁ？　ひえええええ、嫌だよおぅ、そこで私は今から、「龍の昇天と河童の墜落」の作者を拝みながら仰ぎながら、感謝しながらこれを書いている文章の世界に、必死で入っていく、という努力をする（むろん台風は怖いままに）。

というわけで、……空に千年いたって漂うだけだからと言う龍の師匠のことを、この風のなかに私はついつい思い浮かべてしまう。つまりもしやこの嵐って千年続いたら龍が空にいるのと同じ状態かも、と想像してしまったり。すると？　やはりたちまちに作品を読んでしまう。絶対中学校の教科書に載せるべきこの異色作を。

あ、そう、そう、教科書と言えば確か、何か二〇二二年から国語教育がネオリベ化されて、丁稚の通う寺子屋的なものになってしまうという話である。すべて児童奴隷用の実用文書に塗り替えられるらしいって？　だけどこのネオリベ世界の今現在、例の電通やプロパガンダに打ち勝とうとすれば、やはりどうしたって文学は必要だ。そしてサンショウウオもいいだろうが文学といったってむしろこっちの方だ。なのでここに、龍の見ている景色をちょっと引用する。

暗い静かな海の底には、お化けのような深海魚の群が、のろりのろりと泳ぎまわっている。何千年何万年もかかって沈み積もったミジンコの死体と、万年億年もの昔、若い地球に降りそそいだ、こまかい丸い宇宙塵とでできた厚い深い泥の上には、骸骨みたいな海綿が生えている。(中略)中途半端な魚は一匹もいない。眼のない奴には恐ろしく長い髯がくっついている(中略)自分の倍もある魚を飲み込んで、ウンウン呻って寝ているのもある。

さて、池から深海まで、師匠は水中に弱肉強食を見る。悲壮感なしに淡々とその「事実」を抉りだす。これでは龍だって食われるかもなー、と私は思う。

さらに言えば龍の特別さは、けして生きるのに有利ではない、とも。師匠もおそらくそう思っている。そもそも作中の龍は一定の姿ではない、それは環境に呼応して山芋に化けさらに鰻に化け、ちょっとした生活習慣の工夫と我慢強さ等によって、だらだらと時を超える存在である。つまり千年などという時間を長いと思ってびびってはいけない、と教えているのである。とどめ空に昇ったってどうせ退屈である、構造は不毛と知れ、高度も主観に等しいぞとも、さらなる「哲学」を伝えているのだ。

他には龍となってもやたらに人さまからものを貰ってはいけないという教え。例えば龍の「出世」に際し河童が利権屋根性で持参して来るあの憧れの、ブランド高級食でさえも。「何ですか、蟇の皮むき、これは珍しい。こんなものをいただいてはなりません」ともかくこれを読ませて、当事者意識とだまされぬ眼力を子供に持たせないとね。中学から、すぐに。

ていうかたとえば例の実学教育で契約書が読めるようになったところで、今の政府が契約を守ってくれるのか？　「記録捨てました」で終わりだろう？　要するにぜーんぶ嘘、本当は嘘、例えば物事を冷静に明晰にすれば得するのはエリートだけ、そしてマスコミはいちいち騙してくること等、すべて一筋縄でいかない世間のからくりを教えないと。とりあえず、「いただいては」、「なりません」。ほら、良い病院によく「プレゼントお断り」の張り紙が出ていますよね。

難病患者として言いますが、本当にまったく、主治医（名医）には何もあげません。むしろ迷惑なんでしょうね。例えば（これ別にプレゼントではないけど）闘病記で受けた文学賞の授賞式に招こうとしても「いえっ、いそがしいのでっ」と言われて一秒で断られる。そして、ああ、龍だって人間だ。師匠のリアル龍は天にいても、地に足がついていている。フィクションの「嘘」さえも生々しい。

そうです、師匠が真面目に、丁寧にけして下品ではなく描く「でたらめ」、ほらこの前の「鶴のように」だってそうだけれども、彼の描く「でたらめ」の中にこそ本気がある日常がある。瀧井さんが嫌う作中の「人物」達は本当に生きていて、現存しているのと同じような、口をきくのです（師匠風）。そして、……。

その「でたらめ」の中で一見平凡な言い回しが現れると、体が二つに折れるほど、しかし濁り無く、さくっ、と笑えるのである（が、……と、と、と？　おっ、とととと、と）。

やれやれ、今、風の音に驚き、というか気を取られて、私は師匠引用確認のために開けた著作集を取り落としてしまいました。今日は指の付け根が悪くてなんでも落とすのです。移動性関節痛なので一ヵ所には止まらない、しかしここ一年程は親指の付け根が毎日、鈍痛しています。むろんそれは時々、激痛にもなります。え？　付箋まで外れた？ていうか、いつもローベッドの前に置いた折り畳み文机にワープロを載せ、横になって片手で打っているのですが。なんかこわくて今、しばらくそのまま伸びてしまいました。これは筋肉が、……。

だらーっと伸びたような恐怖感でした。まあいつもの筋炎症状に恐怖と目まいが加わったやつですけど。しかしすぐに気を取り直してまた、こうして打っています。だって、……。

その方が「楽」、絶対に「時の経つのも忘れることができる」。え？　状況判らん？　補足説明すると、この片手とは下から右手を出して書いているのです（と言ったって別に動きが不自由なのではありません、日によってはごくたまに歩きにくかったり指が伸びにくかったりする事もあります、しかし元気な時は健康な人よりも元気でよく動きます、ただそういう持続が難しいのと時々不具合になるという事であって、要するにひたすら、地味に、力が入らなかったり痛かったりですな、だけれども、ふふん、具合がよければ布団に左肘をついて右手をワープロの高さと同じにしたり、体力全開なら坐って両手打ち出来るんです！）、つまり今はいろいろの体力的な事情があって、寝そべって上に手を挙げる恰好が「時には」必要なのですわい。

さて、……そう言えば師匠は正字や専門語はこだわってきちんと書くけれど、案外にひらいてある言葉が多いですな。良い医者は出来るだけ簡単な少ない言葉で、正確に物を言うようにしているのではないか。患者に合わせて、自分の気配をけして、どんな人間にでも判るように、そうしていて、個性とは装飾だ、とか思い込んでいるような評論家に向かってはその簡単な言葉で言いたいことを言う。

そうそう、なんか、批評ごときはトイレで流したったら終わりだって言われたのだれだっけ。篠田一士に言ってやったって対談でいってなかったたっけか？　しかし、……。その一方で無論、技術抜群だから、細密描写入ると物凄い事になる。しかもあの想像力で。

彼は配置の人、批評性の人、緩急の天才、その上で平野本多埴谷に囲まれた率直な声の人。木の描写は神、ですます調も尊い。オノマトペは崩さないであれだけ出来るお手本（ペイーッ）。あ、思い出した今、例の、『空気頭』における、リアリズム終了後の御文章ですよ！　一行アキ○印の本格「でたらめ」部から、……ですます調を使って「でたらめ」の世界に入っていく主人公、その時の事、中に「研究」の材料（ウ○コ）が入っているブリキ罐を持って彼はさりげなく（無理）それを電車に乗せ（くさい）、仲間の研究員と運ぶのだが。その場面について。語りをずーっと、です、ます、でやっていて中で一ヵ所、ブリキ罐を持っている状態で語尾が「まいります」になっている、……つまりウ○コの重味とオーラが「腕に響いて」、「まいります」、と来る。ああいうところが、つまりちょっと丁寧にちょっと真面目にしてある中で一点揺れている、すると、なんとも言えない、深い奇妙な笑いが、さくっ、と来ます（資料の引用そのまま、という事はないと思う）。つまり師匠は別にあれでエログロを書いたわけではない。驚きも爆笑も受けも彼は求めない。ただ「でたらめ」をやっている時でもけして手を抜かない、ふざけないのです。それは狂言の笑いと方法似ているけど、狂言よりもやはり、強い目に来ます。おやおや（そんな事を考えていると）嵐の中でも怖くなくなってきた、しかし、しかし。思えば、今回が最終回です。絶対忘れないように最初にそう書いておいたのに、台風でついつい忘れてしまっている私。つまり、私は昔の群像の大家たち、例えば小田実（「ベトナムから遠く離れて」ウン千枚）でもなければ野間宏（「生々死々」ヌン千枚）でもないので、何回で連載を終えるかは既に決めてある(自分でもきっぱりと終えたいのである。だって大切な師匠の事なのだから、だらだらしたくない)。ただ不測の事態と言えば、そう言えばそうです。何か予想外の、連続台風があり、それで？　私は？　何をし残したか。

この他に私が触れるべきもの、それは『空気頭』、「イペリット眼」、「犬の血」、「硝酸銀」、『悲しいだけ』、「一家団欒」、特に『悲しいだけ』と「雛祭り」、「庭の生きものたち」等です。等というのは、お、……。前回どうしても思い出せなかった、師匠が土の中から、器のかけらを拾いだすところ。そう言えばありました「天女御座」だった。

章は、側溝と崖との間に土堤状に積みあげられた赤土のうえにのぼり、洋傘の先端で濡れ土を引っ掻いて数個の陶片を採集した。（中略）彼は、ブルのわきにころがった石油罐に溜っている雨水で欠けらの泥を叮嚀に洗い落とし、レーンコートのポケットに入れた。それを繰り返した。

「鎌倉乃至室町期の窯」、「確実な遺品はひとつも残っていない」、「だからどうしても行かねばならなかった」。

「この世の中には普遍的現実なんかない」という師匠、「個人的現実しか信用できない」、彼。

嘘とでたらめの違いを知っている師匠。

師匠、師匠！

今あまりにもタイムリーな、そうです、前回予告した新資料をここに引用します。

つまり、青木鐵夫さんが古本屋さんで発見してこの七月に近代文学館に寄贈してくれた師匠の葉書のうちの一枚です。お嬢さんの許可を頂いて引用します。

拝復。世界中の政治家は一人のこらず軍縮を願い、原爆を怖れ、世界の平和を祈念してその実現のために邁進している。日本の政治家も国民の幸福のために、日本の自主独立、生産性の向上、物価の安定に向かって日夜心をくだいている。

従って私はすべてに満足している。　合掌　馬鹿野郎。

さて、このタイミングでなんという新資料であろうか、と言っても文章自体は「三友」五十三号、昭和四十年四月三日に発表されたものということです。

とはいえ、……拝復の拝の字はひらがなの「あ」と「ぬ」の中間みたいな形にくずしてあったり、逆に邁進という字はきれいに細かく書いてあったりするのが、体力も年齢も無論筆跡も違うはずなのになんとなくというか、そこはかとない親近感を覚えてしまう私、そしてこれの書かれた時期？　それは安堵しつつも結構疲れていて、いつか来る悲しみは判っていても小康のただ中、めでたい中に一抹寂しさがあって、（そのあたりの事情は16に後述）……。

基本愛想無く、しかもけろりとして、世間知らずのふりして、きつーいことを丁寧に正確に、書いてしまう師匠。むろん、人にあげる彼の色紙の字は、グラフィックでどこかに浮かんでいる景色みたいだし筆の滲みの中には雨粒の混じった風も吹いているようだけど。でも、これは普通の原稿用紙に書くのとも違って、葉書に執筆してそのまま送っている、実用の筆跡。ワンツイートの筆跡には、愛された次男ののびのびした姿がそのまま。これで語彙数がすくないって？　あり得ないよ。医者はすべての人間に対応しなければいけないので、名医ほど極力、インチキを避けるのさ。

12　というわけでニッポン合掌　ニッポン馬鹿野郎、首相と一緒にラグビー見ていた？　何も知らずに？　ニッポン、終末

　さてこの葉書に実は、次からは自分の名前を誤植しないで欲しいという要望を師匠は書いている。名前が藤森になっていたというの、ちょっと迷ったけれど今書きます。しかしなんっっという・しっつれいな。そればかりではない。

　最終回であるにもかかわらず、資料を送ってくださったり、ある意味「参戦」してこられる方々がいたり、まだまだ盛り上がっている最中なので言うけど、この頂いた中に、浜松のミステリー研究家の方が、師匠関連の本を二冊、蔵書整理のついでとして送ってくださったものまである（ありがとうございます）。その内の一冊にはなんと師匠の原稿を無くしたという自費出版の「短編小説」が書かれていた。そして頂いた本なのに申し訳ないけれど師匠の受けられた文学賞の名前と夫人の戸籍（三女なのに二女と書いてある）、結婚の年齢等が（フィクション性とは無関係に）間違っている事を（すいませんでも）ここ

に書きます。あと彼は小柄なのに、大柄と書いてある。しかし本当に地元の編集者だった方らしく、ただ、無くした原稿の内容が不明なので残念、それを師匠はもう一回書いてあげたばかりか、ずっと地元でのその連載を継続しています。優しいんですよ？　しかし、何を書いたのだろう？

果して、なくしたのと同じ物を書いたのか、或いは浜岡原発について「なくした」のでもう一回別の事を書いてあげたのかな？

さて、この連作をやりながらまたしきりに思うのだ。師匠が別に『太陽の季節』を落としてに限らず、つまり「イペリット眼」とか「犬の血」で芥川賞を取っていたら、日本はこんな事態にならなかったかもしれない、と。例えばＴＰＰ、ＥＰＡ、ＦＴＡ、等のメガ自由貿易協定……それは日本のすべてを狙い、奪い取りに来る世界企業のワナなのだが、中でも真先に潰されるのは農業と医療なので……そうですとも、そう、名医である師匠が、というよりまず当事者意識のある私小説の作家が、忖度なき告発を放ちながらマスコミのどまん中にいすわっていれば日本は、我が国は、無事だったはずだ。でも、今から、特に若い難病の患者は、死んでいくしかない。選挙にいかないからって？　何も知らされないからだけではない、老人でもなんでも要介護の人は選挙に行くには介護人が必要であり、これが有料である。ある一切付き合いない版元の新書の数字だけれど（『介護ヘルパーは見た』幻冬舎新書）、老人なら二百五十万人、選挙に行くのに要介護有料、一回四千円かかると言うことで。

だから、だから師匠が選挙に出ておけば良かったのにって？　でもそれは、無理かも。だって芥川賞でさえも、当時だって師匠の落選で助かったっ、と思った患者さんが一杯いたそうだし、それに政治家なんかになってしまったら、『田紳有楽』が書けたかどうかも心もとないし。

でもまあ芥川賞くらいはねえ、それはけして瀧井さんがどうとか言う問題ではなく、もしも出版がマスコミが、文学で戦争をとめようと思っていたのなら当然受けていただくべき事だったのに、という気持ちになっている。そう言えば、やはりあまりにも古い記憶だけど、……。

イランイラク戦争の時の中日新聞、師匠が一番率直でカッコ良かった。私小説についで師匠と真逆な意見の評論家も小説家も、一斉に声をあげていたはずだ。あの時、なんにもできないな自分、と思いながら新聞を広げて、ただ彼がここに出ていると思ってやっと安心した（でもそれってすごいひどい、師匠に寄生する私のエゴかもしれないけど）。むろん当時はまだ、文学者が声明出していて新聞はちゃんと載せていたものだ。しかし今だったらどうだろうか？　ああそうそう、「すばる」一九八二年五月号の師匠コメントもカッコ良かった。「私は一対一の殺し合いでも人殺しには絶対反対ですから、核装備など論外で留保の余地はありません」うわーっ、これでいいのだっ！　シンプルイズベスト、師匠には我執がない。逆を張る向きがない。方向音痴それは人間の至高をありのままに輝かせる。いいんだ別に僕なんかというすっぱりした態度、それは聖者型の天才。そうそう「おれ」がハイジャックに遭遇したら、「おれ」が戦ってその間に他の人が助かればいい（対談集）と、そんな時にはふと「おれ」と言ってしまう師匠なので。

拷問と戦争、大切な人々の病や死を越え、茶碗と金魚が性交するサイケデリック弥勒の、億万浄土を掌に産出した浜松の眼科医。そんな彼がけろりとしてきついことを言う時、世間に向かって反戦の声を上げる時は、とてもシンプルなのに独特な「屈折した」言葉を選ぶ。

しかもあの時は確か、吉本隆明先生が、このようなナイーブで純真で元気の良い、文学者達に対して、究極の難解な反対をしておられました。そう、「ひとりで抵抗し立派に戦われた」つまり、後出しで逆張りで冷笑という、……ご本人が一番賢いという、達成をなさいました。要は何か素敵な事をおっしゃった功績で頂点に立たれた。——この核反対反戦運動は世界情勢に賢く鑑みるに、ただもうただただもう、ソ連を利するだけだとかなんとかおっしゃった。発言は、残ります。

要するに、アメリカと自分たちニッポンとは運命共同体で、いつでもアメリカは助けてくれるとかそういう意味なのでしょうか？　今も当時も私はバカなのでよく判らないですが、さて今度、沖縄に核を配備するとアメリカは言っているらしい。今までずーっと沖縄を無視していたところも沖縄と運命を共にします。今後は核弾頭をちょっと撃ってみたいなーと思った大国が粛々と、沖縄というよりついに沖縄と運命共同体になった本土を狙ってくるかもね、ということです。

さあ今から私達は特にトランプのためにでもなく、むしろ原発GEから献金をされTPPも推進し、セルフID制まで推奨していたオバマの国の国民の身代わり・イケニエとなり、そして現日本政府（おそらくその時にはマイアミに逃げてからゴルフしいしい十年は経っている）をすっきりさせるためにいきなり死ぬのである。さて、これで本土はやっと沖縄の気持ちが判るようになるのか？　ていうかそういう滅亡の前に、まず、収奪祭りが来ます。

師匠！　なくなってからもう四半世紀超えるけれど、それでもまだ金井美恵子さんの引用で令和を相対化する言葉になって、蘇る師匠。

さらに今回も「参戦」して来た吉田知子さんのバル第六号にだって御本人の衝撃短編が、それは？　師匠へのオマージュかどうかは知らねども、「ウンコ国ウンコ村」が載っています、――ウンコ国ウンコ村にはオマル課があり、強姦されそうになった主人公は葱女と罵られている、客間には虚栄のため素晴らしいオマルとお菓子と飲み物が配備されている。国会議員はオマル会館を立てようと言っているんだによ。ね、吉田さん、吉田さん！　ああどこまでも続け浜松の平和と青い空！

なおかつ、そのバルの同じ号において清水良典氏は「しかし、こうして文学者がみんな揃いも揃って天皇を理解し敬愛するなんて、おかしくないか、と小さく呟く。」と書いておられます（連作読んでくれた？）。

そうですとも、ねえ師匠、今こそ、「日本の自主独立」と「物価の安定」、ですよね、師匠は、本当に予言者のようです。「合掌」、「馬鹿野郎」、まさにそこです。

師匠、政府は日米FTAを批准しようとしています。最初はそんなのしないと称して別の名前で呼んでいた貿易条約です。大新聞はまともには報道していません。そして英文資料さえ時に権力は平然と「誤訳」をするのです。

しかもこの台風のどさくさに紛れて、スピン報道まで使っているし、大災害があったら上げないと言っていた消費税も平然と上げました。さらに今、こんな嵐の夜に医療費の削減、議員歳費の値上げを国民に告げ、そして（ネットもみていたので早いめに判った）、挙げ句に、ＦＴＡです。これは台風の後も、災害千回分の脅威をもって未来を脅かします。さてこのＦＴＡは、……ある日には四十五ヵ国で一斉に数十万人のデモが起こり、韓国では焼身自殺があり、それでも強行されれば医療も産業も国全体崩壊する。つまりはメガ自由貿易条約です。日本なら農業も漁業も牧畜も小企業も全部、やられます、弱者だけではない、日本の産業が（自動車もね）やられてしまうのです、というか社員八百人くらいのところはひとたまりもありません。ＴＰＰだけでも地獄なのに、……。
は？「お前この前はＴＰＰで騒いでいただろう、今度はまた何だよオオカミ少年かよ、変な宗教かよ？　もう二度と掛けてくるなよ、けーっ、ガチャン」って？　はい、一部身内からもすでに嫌われています。しかしそんな単純なものではないと言う話なのですが。

　このＦＴＡがあるとＴＰＰだけの場合と違ってもっとひどい事になる。ていうか他にもＥＰＡというのが通っていて、もうただでさえぐるぐる巻きになっている日本なのですし（なお安倍がこのＦＴＡを回避しようとして、ＴＰＰに米国を必死で戻そうとしていた、というのも大嘘である、ほら、見ての通り）。

　要するにＴＰＰだけなら例えば、地獄の釜の底まで行くのに十数年として（仮に農業や薬価や水道や保険が五六年でやられるとしても、例えば日本が世界中の核廃棄物の置き場にされるまで、日常が災害後そのままになるまで）、なんとか政権交代して脱退すればという微かな、希望のあるものが、これがＦＴＡとのコラボによりすべて三年で全滅してしまうかもしれない。要するに加速するのです。ていうか自由貿易へのアメリカの関与、これ、すべて地獄への道、しかも、条約的に見た時、……。

　これを批准して（このまま、次の交渉で医療、為替、投資等約束して）しまえば、最悪、天皇制含めて日本を革命しなければこの条約から抜け出せない可能性が出てくる（つまりあと一筋だけでもそこまではまだ救われる道があるという事）。そんな中緊急事態にしか使わない方法で連中は名簿をまわすというやり方までとって、こそこそと、緊急に、閣議決定をしてしまった、それで出てきた協定文を専門家が徹夜で翻訳したら、……。

　日本の自動車産業さえ食われてしまう可能性が濃く、ありありと出てきた。関税の話にひどい嘘がある。無論、大新聞はここを平然と「誤訳」しています。しかしそれでは一体、現政権は大新聞は誰の家来なのか、日本の財界だって一枚岩ではない、外資専一のはずはないのである。というわけで――議員会館で院内集会をして、鈴木宣弘さんが英文の資料を高く差し上げて怒っている、その動画はむろん内田聖子さん（デジタル貿易協定も専門）のツイッターに張られている。しかしこういう事によって今から何か言うのはおそらく、赤旗くらい。ええ馬鹿でいいですもう。ナイーブでもルサンチマンでも愚鈍でも何でも「言ってもらっていいですか、どうぞ、けーっ」、だ。だって小説はモチーフが大切なのである。師匠には昔何か「憎悪」持ってると中野孝次先生との対談で言って貰いました。私は「憎悪」です。今こそ、「憎悪」します。

要するに何か素敵な文学とか何か素敵なスポーツとか何か素敵なデリダの使い方とか、今はもう？　いいえ、昔から、私はそんなものの外にいるつもり。師匠だって外だもん。素敵じゃない方の私小説でいいです。こっちが元祖の根源の原始（＝純）文学です。

むろんそんな中、たちまち、今、批准の中に薬価とか保険（それ年金とか医療の事でいいのか？）入っていないから心配ないですよ、と茂木が言い始めた、（ふん、今にすぐ入れようとしているくせに、ちなみにこれ全部嵐の前と中の出来事です）つまり政府がそう言っているからオケーなのだと、でもそんなの翌日にはもう判らない、何するか判らないよ、記録はないし、前だって事実と真逆の資料で国会審議をやった、ＴＰＰはそうやって通してしまったから（この件官僚に私は直接聞いたけれど、まちがいは実際に認めてたよ）。ならばともかくＦＴＡは審議拒否あるのみだ。無論野党が拒否していても強行採決（自民公明で）は出来るのだけど、それでも拒否で異常事態を海外にアピールしておけば、批准に問題ありと、国連が認めてくれるかもしれないから（国際条約はそこが大切）。要するにみんな泡、すべて闇の中。戦争法案の時からずーっとそうじゃん。

ていうかなんにしろ「自主独立」はなくなってしまうのです。「合掌」、「馬鹿野郎」。さて、……。

今これを、師匠の名の下に書く事は師匠が「イペリット眼」や「犬の血」の作者であるという事を大前提として、果して、これを「文学の政治利用である」と言うべきなのか、「芸術をプロパガンダに使った」と言うべきなのか、そして「ネット用語をつかったら文学ではない」という基準は、それは、ガリマールの基準なのか、でもどっちにしろ放置したらここはもう今から最悪、敗戦直後の、焼け野原になる。

原爆を落として、治療はせずに患者の血液だけとっていって（子供含む）その上七十年超も沖縄を苦しめて「何もお仕置きをしなかった」と多くの人々からそう、信じられているアメリカ、だけどそれが今ほーら、とうとう莫大な利子を付けて取り立てに来たよ？だったらもう報道だ。それは自分の内面を薄めてでもやらなくてはならない、というわけで報道モードになっている私、貧血気味の笙野、でもそれ師匠が「イペリット眼」や「犬の血」を書いた時と同じ状態でしょう？

13 「犬の血」と「イペリット眼」、私小説における、医者的報道的自我について

『空気頭』や『田紳有楽』との関係性でいうと、この二作品はけしてその前哨戦と捉えなくてもいい存在だと思う。これはこれで凄い仕事なのであって、しかも普通に記録的に綴ったものではない。師匠の自分にきびしい、我執を捨てたところが発揮されて、その発揮が戦争の心理的空間や戦争的醜さを見事に捕らえている。つまり、普通の私小説を書いているように見える部分でも、実は師匠は（いい意味で）ありのままの自分なんか書いていない。同時にまた、これでいいと思うがどうか、などと人に尋ねているわけでもない。物をぼんぼんすてて、取り敢えず入ってきた荷物を部屋の中に放り出して、並べる、その荷物とは何か？　それは自分をうすめて書く戦争というテーマ、こんなのも私小説の自我の、ひとつの大切な使い方である、しかもそれで師匠の大切に思う拘《こだわ》りが、個人というものの貴重な狭さが、消えるわけではない。そして、そのような、モチーフと個人身体とを

繋ぐ大動脈は告発の意図である。私小説には必ず、きっと、こんな時がある。

膠原病の患者であると同時に、眼科で他の患者より優先される事もある角膜の持ち主である私にとって、この「イペリット眼」に書かれた医者の意識は本当に興味深く、しかしなぜか不快ではなく、感情抜きでそのまま頭に入った。というか医者のこの意識それ自体が戦争の時の異常心理なのか、そしてそれをそのまま書こうと思った師匠の捨て身が『空気頭』で師匠が求めているような本当の「おれ」をその時だけ捨てさせてしまったのか、などと考えさせてくれた。加えていつも、師匠の師匠説には「これ、戦争の影響かな」と思わせると同時に、そこを突き抜けた強さがあるので絶対支持、じゃあこれもやっぱり支持だよな、となる。そして戦争の影響がそんなにない作品は、「雛祭り」とか『悲しいだけ』あたりだけど、そこにもまた師匠ご自身が戦争をくぐり抜けてなお残してきた優しさがあるのに思い至る。

また、この「イペリット眼」と「犬の血」を、本当は一緒にしてはいけないのかもしれないけれど、それでも、小川国夫さんが「汚穢に触れた」と言ったその汚穢を、自分を切って捨てて突き抜けるような方法で描いていて、その覚悟によって描き切って、成功させている。書こうと思う対象の前に、自我を薄くしてしまう事によって、医者的な自分だけを前面にすえ、それで戦争の醜さと異常さを写す鏡のようにして使っている。まあ別に私は医者じゃないのでそんな事を言うのはおかしいかもしれないが、眼科の稀な患者として、あるいは稀少難病の患者として思った事である。

軍医物というべきこの二つの作品に共通しているのは、医学的発見が喜びである事と、患者の苦しみが悲しみであることとが、矛盾なく同居してしまう、医者の心というもの、無論、矛盾の固まりだ。でもそういうものだろう。「イペリット眼」を引用する。それは休むべき患者が「詐病」を「自白」して罰せられる軍隊。「自分が嘘を云いますた、悪かったです、詐病すますた」。主人公は毒ガスを作らされる少年兵達の角膜に不思議な角膜表層炎を発見する。しかしそこで、「(ああッ) 声に出したくなるような喜びが章を摑んだ」。職業的な自我、それは内面から外を照らす光源になる。

見慣れた病気ではないもの、新しい症状、治せるかどうかより、まず自分の関心?

池袋にいた頃、角膜の傷ばかり研究している医者にたまたま出会った。サンシャインの眼科にバイトに来ていた女医さん、当時は手書きのカルテで、眼球をあらわす左右の円に、幸福そのものの表情を浮かべて、やっと会えたねという感じで、女医さんは私の眼の傷を一心に書き込んだ。そして名刺をくれ自分が勤めているところになんでも相談してくれと私を見つめて云った。幸福そうだった。無論、治そうとはしている。しかしその一方けして業績にしようというのではなく、真理追求の喜びがあるのではないか。全部の患者をなおしてあげるという仏心。でも、仕事のやりがいがまず、発動してしまう。それは医者という職業をつかって描く事の出来る、ある意味明確な自我のあり方である、志賀さんではないけれど、クリアな内面だ。

この、主人公の医師章は研究心のあまり、悪化するような硝酸銀などを患者の角膜に試してもいる（でもここは事実じゃないかも）。彼らが頼ってくる事をも喜んでしまうが、責任も重く感じている。ここらあたりがやはり医者的自我で、けして研究対象だけではない。イペリットからなんとかして、彼らを助けたく、ガスの漏れているバルブを直させようとしたり、少年を休ませようと努力もするのである。とはいえ、その描き方はやはりきつい。だって全体を救うためにひとりに悪化するもの（硝酸銀）を試しているのだろう？それはその個人にとってどういう事なのか。中に、体を「献納」したという少年が現れる。その一方でおとなは物資を貪ったり悪いことしかしない。あるいは（後述）、……。章が彼らを助けようとしたとき、教官達の悪意で、「少年達の姿は、章の診察室から消えてしま」う。

下位者に対するこういう露骨な報復のやり方は、軍人特有でむしろ気持よかった。（中略）最初の数日間、章は何となくのんびりした気楽な日を送った。惨めな少年達の彼に示す好意は矢張り彼に気重い責任を課していたのだ。（中略）自分が被害者の立場でそこから解放されたことは、章の気楽さに一層の口実を与えた。

さて、いくらなんでもこれは明晰すぎる。とは言うもののしかし数日後、章は「自分の生活の中心が失われ」たと感じている。少年が可哀相という事と、自分の解放が辛いという事、ところが、やはりそれよりも職業としての中心を失ったという方に傾いてゆく。どっちにしろこれらは医者独特と言える。やがて、……章の眼におとなの院長の「献納」が明らかになる。これを人々は「自己犠牲」、というべきなのか？　他国の人をたくさん殺すために生きた自分を献体して犠牲を払う、さらに、自国の少年を苦しめまくる正当化として、自分もやってみている自己満足なのだが、たとえ一番凄くとも、ぼろぼろの姿でも、結局それは人類を不幸にする努力。しかしこれを医者でない心から照らすのは本当に難しい。つまりこのようにして、独特な職業の心のリアリティを使ってこそ、戦争の異常空間が現れ渡るのだ。

なお、「犬の血」はフィクションでも師匠的恋愛小説だと私は思う、これは恋愛の心理だけが（性病は抜きで）私小説的、そこから医者の自我を使って、描けるものを描いている。

いくら治療とはいえ、嫌いな上官軍人の淋病を洗ってあげるしかない主人公の軍医は、チャブ屋の淋病の女性を十六七だと思い、処女として接し、胸を切り刻まれ、たちまち愛情に溢れ、笑われれば死にそうになり「己惚れるな」と悲鳴、作者の師匠が二十七の経産婦を見て、十八歳の少女だと思い込むのと同じ体質である。そして結局主人公は淋病をうつされる（ここ当然フィクション）。しかし戦争当時でもコンドームはあったのではないだろうか、昔予備校の先生が余談で言っていた。突撃一番というブランドがあったと。どうして避妊しないのか、ていうか子だくさんでもなんでも避妊すれば助かるのに。

ラスト、軍人の思いつきで犬の血を輸血され殺される中国人を助けるために、主人公はサディストの助手をすさまじい暴力で阻止して、捕虜を守る（これは本人が実際にしそう）。つまり今助けてもあとで殺されるけれどそれでも助けるというところ、それがこの「犬の血」が恋愛小説である証拠だと私は思う。というのも淋病をうつされたとまだ知らぬとき、主人公は、自分はもうひとりではないという気持ちに包まれ、精神的充足を覚えていたからだ。むろん、感染はした。真実は「空虚」。しかし知らなかった時の、深く、温かく大切な感情は心の底に残る。金魚C子の子供が田螺の子であるかどうか、そんな事よりその時の気持ちが大切という決定である。それ故に一日でも捕虜を生き延びさせよう、どうせ死ぬという考え方はするまいとしたのではないか、……そこが「恋愛」を得た、望む相手によって初体験をした男性の気持ちという事なのであろう。

さらに、この独特なクリアさと、中国人を一日でも助けるためにする次々の努力や決定の迫力と速度こそが、まさに職業的、医者的な自我であって、それを使うから周辺がすっぱりと描けるのだ（うっ、しかし、……）。

師匠、……。

今、二階の床が一階から離れて一瞬浮き上がりました。そうなって、ぺらりとまた、一階の上におりたという体感です。これさっきより軽いけどなんかニュアンスが違う。むろん、一瞬心臓が止まりますが。このまま床が落ちるのか窓が倒れて風が吹き込むのかと貧血しそうですが（なので再び横になってしまいました、これは片手をのばして打っています）。

あ、しかしなんかまた今ちょっと風おさまってきましたね（上体起こしました）。ていうか、天気予報より収まるのが早い気がします。そうそう、そう言えば今日は朝から、まだ風速三程度の時に停電しました。これにはめげましたね。

というわけで……、今は少しだけ楽になった風の海を泳ぎながらほんの今朝方のまだ無事だったころの記憶を書いてみますね。風がまだましなうちに。

当日になった。準備準備で昨夜お風呂に入りそびれていて、朝風呂するか、と思いなががらも、いやまだまだ今のうちに外回りをと判断しました。風向から見て窓ガラスの危険そうなところに、外から大量の布テープで（紙のよりは跡が残りにくいから）段ボールを窓枠に張りつけたりして。家の周辺には普段から（この辺りは風が強いので）そんなに物を置いていないけれどそれでも生協のボックスなどは中にしまって……。

見ると、ご近所のアクリルと鉄柱で出来たカーポートの屋根は八箇所がそれぞれ八個の土嚢に結び付けられ、自転車やバイクを倒してウッドデッキの下に一部をかませてあります。その他ビニールカバーで覆ってロープで庭の柵に結んでいる家もあるという異常事態、……風速はそれでも、このあたりの予測だと二十メートル。しかし瞬間最大五十とか六十とあるのもニュースで見ていたため、それだとガラス自体が割れるからもしもそうなったら恐怖、恐怖と、……。

部屋に入ってすぐ大風もないのに、いっせいにガッ、と音がして電気が止まって、ぞっとしました。そりゃあ前日にアマゾンでポータブル電源を取り寄せて一杯にためておいたけれど、だけどちょっと前のあれ、千葉南部停電三週間というの、怖くてたまらなかった。そもそもこの電源満タンでも三百ワットで数時間しか持たない、というか締め切りを落とさないようにワープロのためにだけ買ったのであって、……しかし、三十分程で電気は付きました。佐倉は大風のせいなのか普段でも時々こういう停電はあるのですが。

急いで風呂に入ってお湯は当然、とっておきました。市内も場所によってはこのあとあちこちで茶色い水が出たという事です。しかもうちは少し水が温かくなって出が悪くなってきたので焦りました。そこで、大きいバケツにも水、さらにはもっと焦って、冷凍庫があるので一升炊飯して、パックに小分けにしたご飯をしまいました。しかしこれは実は、もしずっと停電したら困ったかもしれません、が、丁度ご飯が切れていたのでなんとなくやってしまいました。さらに冷凍庫なので二三日は冷蔵庫代わりになるとも後から思ったのです。こうして、……。

夕方過ぎ、台風は荒れ狂いはじめました、それは、どぅわー、ばらばらばら……どぅわー、ぱちぱちぱち……どぅわー、ごごごごご、などと雨礫《あまつぶて》を叩き風建売りを刃で削ぐ、しかしここまでは台風十五号で知っているものです。ただ、そんな恫喝《どうかつ》が始まった時、まさに、「地震のように」家が少し揺れました。結局それは小さい地震でしたが、怖かったです。というのもここまで運悪かったらこの嵐の中、きっとこの夜中に大地震になると思ってしまった。

そもそも国民全体が未来も含めて今、とんでもない不運に災難に見舞われていますからね。

まったく、どこまでひどいのだ、この一連の展開は、どこまで、どこまで、と家が壊れて死ぬ可能性があるように私は思ったのです。そしてほんのちょっと前、それは夕方です。へっぴり腰で本当に地震かどうかを確かめに行きました。というのもそれは隣室のパソコンで確かめないと判りませんから（無線ではないのです機械に弱いので）。すると、……。

震度二の地震でした。なぜかあの大震災の原発事故の後、風が異様に強くて、持っている電気ポットの箱（人に送る分）と掛けている眼鏡を、同時に吹き飛ばされた事を思い出していました。そう、災害が怖いのは未来が怖いのだ。

というわけで目の見えにくいひとり住まいの、難病の老婆（なのか？）を襲う災害、そしてひとつ過ぎたら前より怖い災害（しかもその上にどーんと被っている人喰いＦＴＡ）。実を言うとその他に先月の台風で、屋根が抜けた方のブログを拝見していました。そのせいで、一晩で廊下と屋根が一緒に剝がれて飛ぶのではないかと思ってしまって、これでは家ではなく嵐の船ではないかという恐怖がありました。しかもこの化け物風は今からまた、さらに、「発展」して行くはずです。進路を知るためにはネットを見るしかない、のですが、見ていても怖いのはパソコンを付けている時に停電する事です。昔はよくワープロを使っているときに雷が落ちると、全部の文章が消えると脅されたものですが、今のパソコンはどうなのか……。

そうこうしているうちに、浜松も避難勧告が出ていると判りました。師匠のご家族や青木鐵夫さんが心配です。とはいえお嬢さんのところは大きいお家だし、ご家族も患者さんも助けてくれるだろうと、そして目の前の自分が事故るかもしれないので今は、ただ夢中で海の上の板切れ、ワープロにしがみつきました。とはいえ、どうしてこんな時に書いてしまうのか、というか、こんなに怖いのだからきっと書けるだろうと、最初から思ってはいたのですが。ヤケクソノチカラ、ドウセハカドル、家ガブッコワレテモ、ソコマデハハカドルカラ、と。でもどっちにしろ経済危機かもね？　だって今もローンがあります。その上猫もいます。つまり、書かねばなりません。にもかかわらず今は言えないけど実は人災、生まれて初めてのものすごいの受けています（もう一年近くです、まだまだ続きます）。そのために仕事が遅れ病気が悪くなり収入も減り、転んであちこちが紫になっています。まあそれもひとつの私小説の王道です。とはいえ、今ここさえ越えればとどんなに走っても、いつかはＴＰＰだのなんだのが頭から私を飲みこんでしまうのだが。

だがそれでも、結局、ただひたすら目の前のものを書く事を、私は信仰しているのかもしれないのでした。それがミクロ報道、ミロク私小説です。

やはり、書くということは一種麻薬的です。つまりそうしていて現実を書けば書くほど、なぜかこの恐怖は遠ざかっていきますから。ただ見ている自分の技術の範囲内で、現実としての「記録」が残っていくのです。むろん、公的な記録とは言いがたいものです。ただし私的でありながら社会性を持っていなければならない表現です。とはいえ、……。

さっき書いた三行は人ごとです。百年前の記録と変わりません。などと書いている自分もさらには、他人のようです。しかし、……。


避難勧告はこの佐倉市全域にもう出ています。ただ他県と違って特別大雨警報は出ていません。でも今ついに雨が縦にではなく、轟音の布のように、どぅわー、ざざざざざと聴覚に被さってきました。とはいえ、不可解なのは、これ時々、止まるのです。こういう止まり方の台風というのを私は知りません。

けして台風の眼とは違う。すごく短いサイクルで荒れては止まる。

ところで、私は動きませんでした。というのも坂下の避難所よりも水はけの良い、少しだけ安全なところに住んでいるから。あと、両側を豪邸に挟まれているため、普段からずーっとしょぼんとしているというこの小さい家の功績により、うちだけ風の当たりが相当にましなはずなので（それでも怖いけど）。ていうかそもそも外に出るともう絶対危険、と判断したので。とどめ、――避難所の小学校の方が既に停電。

庭の陶器のリス二匹やアニメ風むささびも玄関に避難させて絶対飛んで行くソーラー照

明も鉢からひっこ抜いた。ちなみにこのソーラーは確か何年か前の大風停電のとき、一日位だったかこれを家の中のゴミ箱に立てておいて、一晩、トイレ照明などに使いました。しかし、次の日はゴミ箱からハサミ虫やなめくじが「にしにし」と出てきて呆れ果てました。さらに今回は前日も雨だったためか、ソーラー照明は少しも光りません。

あ、……来ました今、どぅわー、ざーん、ばりばりばり。別に、けして収まっていないですよ、だったらさっきのはなんなんだ台風の眼？　違う。書いてるうちにすべて忘れてしまっていたけど、いつの間にかまた始まっていたという状況かも。

師匠！　師匠それではまだ実況を続けます。ていうかなんか、こうしていると私小説とは何か、の一面が現れてくるような気がしましたよ。

今、シャッター型の雨戸をむろんしめきっています。風の吹いてくる方向の部屋で執筆しています。普段なら音もしないはずのそこが外れるかのように、ぐらっぐらっ、と揺れたり、外から叩いているようにシャッターごと動きます。その振動で或いは、内鍵が少しずつ緩んで外れるのではないかと思う怖さなので、私は、これを描写する事によって立ち向かうしかない。ていうかワープロをこのまま使えるだけ御の字です。だってまだ電気付いていますからね。ああ、しかし、また二階が体ごとふわっと空に上がったようになってからさらに横揺れがしました。これが風の力だというのだから恐ろしい、やっぱり収まっていません。

　ともかく、収まってほしいという、ただそれだけなんですね、これで家が壊れたらもう神とかいないです。しかしこれでも予測の風速二十というのからみるみる十三に下がった結果なのですが、そういえば先月のは十二メートルだったのでこれはちょっと大きい。

　で？　どこで鳴っているのか何が鳴っているのか、佐倉市は風が強いところなので、アア、やはりシャッターが鳴っているのかもしれませんね。それも縦なり横なり、ずれて鳴り、はてこれは純文学か、スティーブン・キングとかが好みそうな、侵入系にしか思えなくなってきた。こうして、……。

　下の路でシャッターが剝がれていた時の事をそのメカニズムを、私はついに理解しつつあります。家はシャッターのある窓が殆どです。

　しかし、それでも書いているとほら、まだ怖くない。怖さが液晶画面にどんどん文字に変わってなだれ込んでいき、私は軽くなる。そんな中猫は不思議と下で、平然と寝ています。

　ネットを見ると宮城県も浸水しています。友人が心配です。向こうは停電もあったらしい。

　住んでいるところで起こってしまうことは、やはり書くしかない。どこがどう壊れるのか何がどこから来るか、しかしこれで無事に原稿出来ていたとしても、朝、お日様が差して外に出たら、家の裏手がそっくりなくなっていたり、壁に穴が開いたりしているかもしれませんね。ひとつひとつの窓がすべて心配です。一斉に物凄く鳴っているわけで。

一階と二階のどちらが安全なのか、地震なら二階だと聞いたことがあるが、しかしともかく本日のピジョンは、どうしても一階にいたがります。気圧が低いので便秘が直ったらしく、上機嫌でよく食べ、普段はつつくだけの慢性腎不全配慮二十歳用カリカリも、茶碗の底が見える程ごっそり減っている。ただ猫めは水をバケツから飲むのが前の台風以来直りません。しかも今日は、私に全体を傾けさせて、中に首を突っ込み満足して飲んでいる。猫嫌いで猫シェルターにいられなかったピジョン。抱っこして計ると体重が増えている。そう言えば前の猫達も台風になると良い大きい健全なうんこを一気にして得意になっていた。普通はこの低気圧で、猫も人間も体調悪化すると聞いているのですが、しかし前の子達も台風で食欲が増進し部屋を駆け回った。

というわけで、ピジョンもかっかっ、かっ、と爪を研いでハッスルするだけ。こういう時のきゃつは、どうも「おとうさん、ハッスル」と言っているらしい。というのもこの子は前に独身の男性に飼われていてどうもその人をおとうさんと呼んでいたらしく、私がおとうさんという言葉を発音すると反応するのです。そしていつのまにか私は、結局、こいつのおとうさんにされてしまっています。それでシェルターの方や獣医さんに、お母さんと呼ばれるとなかなか返事出来なくなったり、しているのです。

あたかも、野良猫が物置から飛び出して逃げる時のように走り回るピジョン。これが、ハッスルというモードなわけで、……どう見ても野生です。が、これでも二十三区の広々とした、贅沢なマンションで室内飼育されていた猫ということです。要するにだいたい普段は結構神経質でぎゃあぎゃあとうるさいしがんこ、わがままなのですね。しかしこの日はどういうわけか夕方から安心して眠り始めました。

しかし私は家が心配で、……丁度先月の台風の後がローンの切り替えのとき、運悪く利子が上がったのです。それで心配して胃を痛めていたら、結局はなにか元金が減ったという理由で、むしろ月額三千円下がりました。それでやっと胃が治まったらまたこうなのです。もしも壊れたら、保険で直るという話だけれど、でもどうして家をやられると体にひびくのか……。

所有している家、それはこのような大風の中で、自分の身体のように感じられます。しかし、……師匠今、電気、一秒だけ一瞬消えました。そう言えば、一度など私の家だけ停電した事さえある程なんです。でもそれは大風のせいではなく、なんか家の前の電柱だけが悪かったらしいですが。

よそでは雨が凄く近所の川が決壊しそうとネットにありましたが、それと比べると比較的に、ここは風台風、雨は少ないです。

ちなみに、この風に対する恐怖はむろん自然現象への恐れとも言えます、けれども、……しかし、それよりも怖い何かが実はこの台風の背後には控えているのです。

師匠、私達日本人にはもう国がありません。

こんな台風の後でさえ今の天皇さんは、即位の礼を延ばせとさえ言わないのですか？これだけ災害がつづいているのに、避難所はまだ、パーテーションさえ立てようとせず男女ざこ寝をさせて、性暴力を横行させ、今回はホームレスを外へ出し苦しめている（らしい）。

先月千葉南部を一気に海外貧困国まで落とし込んだ人災含みの天災、この前シャッター三枚剝がれていたと書いたところは今ブルーシートに覆われ改築中の看板もまだ掛かっています。店の他にも同じ建物の二階、後ろにあるアパート部分までも要修理らしいです。家の近所でも市役所がブルーシート配付しますというアナウンスを流しながらやって来ました。そうして少しずつ今から修復しなければならない家々の上に、またこうしてもっとひどい災難が襲って来たのです。なのに、なのに……。

しかし、あれ、気が付くと、……。

未だ五時なのに風が止んでいます。外に出てみますかな？　いや、その前に窓ガラス割れていないか（おお、大丈夫だった）。

しかし、前の台風の時に飛んで来て落ちていた窓と同じ窓が、というか、その残りのかけらしきものがいくつか、またうちの使ってない車庫の同じ位置に落ちています（なんだろうこれ）。最近どんどん増えている空き家からでも飛んで来ていたのか。ていうか台風はこれで終わりなのか、しかしここからまた国会において、さらなる災難が、国民を襲います。雨も風も使わずとも国民は殺せます。

さて師匠、取り敢えず私は書けるところまで書きます、何も出来ない？　としても眼の前のものを書こうと思います。ただただ、それだけです。つまりこうなったらもう、頭に浮かぶままに師匠説を書きますよ。最終回だしね。

14 「硝酸銀」はフィクション、『空気頭』は「真実」、「冬の虹」は遠景記録物、そして師匠にとっての、戦争とは？

引用する。師匠にとっての、戦争とは、まさにこういうもの。

毎日グラマンとかＦ４とかいうような敵の小型機が乱舞していた。（中略）桜の若木が吹き飛ぶように根本から折れた（中略）廊下いっぱいに寝かされた負傷者は半分以上手のつけようのないものであった。患者の靴をどけようとするとそれは中味がつまってい て（中略）「早く血を止めてくれ」（中略）「モヒを打って下さい」（中略）若い父親が、頭に親指二本入るほどの穴をあけられて死んだ赤ん坊を看護婦に押しつけて「何とかして下さい」

さらに引用する。師匠と戦争である。死体が重なっていなくても、やっぱりひどいから。

彼は南太平洋の死地に送られたあれこれの友人達を想い出すことで、自分に反省を強いようとしたが、反省すること自体が、今は「幸福」な満足への味つけでしかないこともさとっていた。

戦争の中の異常心理、一見明るいものが実はただの絶望であるような人間のあり方、軍隊にいなくても刷り込まれる暴力、そして戦争の中にもたまに平穏な日常があるからこそ、また、勝つ戦争もあるからこそ、人間は病んでいく。無論、最初のように明らかにこれは地獄という戦争もある。

師匠は国民が戦争につっこんでいった状況を、騙されるのとは別に、まず本人達が望んで、というか異様な心理に乗せられ理性なく加担したのだと考えている。天皇についても、天皇を支持して、天皇制と天皇をわける事が出来なくなるのが、一般大衆の性だと理解している。

さらに、師匠が『空気頭』において、人糞を摂取して不倫のセックスをする、そういうあり得ないもうひとりの自分を「私小説」にして書こうとしたのも、ひとつはこの戦争に突っ込んで行くような人間の罪を、自分だけが免れてはいけないと思ったからではないのか。とはいうものの、そんな時代全体の罪をひとりで背負う程の、師匠の罪というのは本当に一体どんな罪だろうか。いつだって彼は何かしら自分が悪いのだと云いたがっている。作中もなんとかしてすけべおやじになろうとする。しかしどうしてそこまでしてなりたいのか。だって性欲はもうない。立派な素晴らしい子孫も残している。「壜の中の水」にも買春がらみのやりとりが出てくるわけだが、結局は何も書いていない。そもそも「犬の血」の主人公など、医者であって童貞という、人体に興味のない設定である。

例えば父の記録に基づいて書かれた「冬の虹」において、一族は不始末一家、としか言いようのない乱脈を生きている。しかしそれがはたして師匠の罪なのか？　だって師匠はただ父の残した記録を眺めるだけで、実際は何も知らないのだ。とはいえ「硝酸銀」も一族の原罪的なものを描いているし、あるのはやはり放埒《ほうらつ》や貧乏、梅毒による不幸な出産である。「冬の虹」では師匠の親戚は捨てられてダルマ屋に拾われていたり、まだ少女なのに芸者になり、さらには男にみついで転落して行く。が、そもそもこれなど親戚の存在自体を彼は知らないのだ、それでは、罪の作りようがない。と言ったって、これも師匠の一系列である、軍人や友人の聞き書き的なものとは、一緒には出来ない。

つまり師匠はこれらの罪を父の教育によって、差別的なまでの抑圧と規制を課せられたが故に、自分は免れ得たのだ、と思い込んでいるのかもしれないのだった。

彼の父が芸者を見下し、自分の長兄のめちゃくちゃな女性関係を嫌い、ついに睾丸を出してその結婚祝いの席で暴れる様子、それを見てきたように師匠は書いている。が、実際に自分が立ち会ったものは少しではないのか。無論、……。

彼が炬燵《こたつ》に潜っている家の玄関の前で、「芸者の挨拶は受けん」とこの父は言い、お披露目の挨拶に来た親戚の少女を追い返してしまう。その一方で師匠は「美しい芸者」というフレーズを少なくとも二度は書いてしまっている。それは遠縁との結婚がむしろ推奨された時代の話である。

しかもこの美しいものから遠ざけられて成長した彼は、自分が人より性欲が弱い事にも気づくのである。受験勉強のために例の魚宗楼に住んでみても、邪魔な性器を切断したいと考える若者にすぎないのである。そして料理の盛りつけなどは器用に手伝う（器用？師匠が？）。

「硝酸銀」において、女の子にはにかむ小学生である師匠は、彼女らの好意や笑顔をとことん醜いものとして拒絶してしまう。しかしおそらくはにかみ自体は本当であろうけれど、その一方で、こういう取ってつけたような女性嫌悪が私には作り物のように思えている。というのも、こうした女性嫌悪を表す一方で、彼はもっと技巧的なはずの芸者を、好いているからだ。

女性嫌悪、をどこかで意図的に書かなければ、「硝酸銀」の私は成立しないと、師匠は思っていたのかもしれないのだった。というか、遠景のようにしてずっと語られる一族の不始末と、自分を関連付けるというリアリティを求めて、そうしたのではないか。或いはまたそういうかたくなな自分の心に写してこそ、一族の不幸がただの愚かなものではなく、嫌悪されるが故の存在感や悲しみを持って、描けるだろう、と考えたのではないか。

——論争などする時、私は自分を素直で単純な人間にするように語りを作り込む、そうすると自然と論争はしやすくなる。キャラが固まるなどとは絶対に言わないが、ひとつの論点に絞って言葉を繰り出せるのだ。

師匠が作中の自分を暗く頑《かたくな》にしようとする。無論、それは戦争の影もあるだろうし、自分を責めるという一面もある。しかし、そもそも芸人と暮らしている叔母の事も、小説よりも前に書かれた随筆ではむしろ好意的にあらわされている。ところが小説ではあきらかに下に見て書いているのである。自分をつくっている。

冷たいきつい自分というのを彼は作りこむ。それは仮にそういう自分になれば、さらに自分の中にあるエーケルが他人を説得出来る程に、説明可能にもなる、と思う故かもしれない。

人から見てどう見えるかを書く小説、それは『空気頭』の冒頭で否定されている側のものだ。例えば、彼が好んで書くエピソードが二つある。自分をわるく見せたい、それで他人を説得したい。本当に彼の悪というのは罪のない悪である。

ひとつは、戦後の混乱した満員電車に、夫人の「大切にしていた重い大きい三面鏡」を背中にくくり付けて乗っている彼。他の小説では三面鏡という指定はなかったりする。つまり他人に迷惑をかける事の嫌いな、気を使う彼が、夫人に言われてその混雑の中に、大きい贅沢な家具を背負って乗り込むのだ。そこには、置いていくとか、売り飛ばすという選択はない。

昔は嫁入り道具としてのタンスと三面鏡はそこまで大切な、つまり女性の自我に食い込むほどの所有物だったのかも。しかしリヤカーさえうまく引けない師匠がそこまでしていて、妻にいきなり不満そうな顔をされてしまえば、睨み付けるというのは別に不思議ではない。無論、自分を責めるように身内を責めるという傾向があるのだから、当然、しゃんとしていろと妻に言いたいと思う。但し、夫人は特権的所有をする人間であって、なおかつ結核なのである。ならば不満顔というよりそれは弱者の泣き顔である。さらには妻を治せない医者としての彼、そして妻の病院を継ぐ結婚をした彼、こうなると妻の側がむしろ主人である。すると家夫長的な夫が三面鏡を背負った上で、満員電車の中でにこにこする事は当然かもしれない。とはいえ他の人々は混雑の中で我慢していると、彼は、思ってもいるはずだし。

というか、……どっちにしろ彼が混乱の中で妻を睨み付けるのは戦後の不具合のせいにすぎないのだ、結局は戦争のせい。要するに戦争の後で人々の気が荒れていて、それは彼もまた同じである。なのに自分だけが特別に悪いと彼は思いたい。

そしてこれを自分がとことん冷酷で悪い人間の証拠として何度も出して来る。しかしはっきり言って悪い夫のエピソードとしては弱いかもしれない。

それよりもむしろ小川国夫さんの出している夫人側からだけの証言がある。

夫人が亡くなる直前、師匠がしばしば文学の集まりに行ってしまって、側にいてくれない、と。ところが、そう訴えられた小川さんは夫人と付き合いがない。が、それはやはりひどいと小川さんは思うのである。ただ、ここには師匠の、私小説家としていたたまれないという気持ちもあるのではないか、なにしろ『空気頭』を書いてしまっているのだから、どんな書き方でも「妻が死んだとき」と書いたのである。それに、文学の集まりももう妻が死んだら行く気にもならないと思って出掛けたのではないか。それこそ、妻のない世界はないも同然だから。

その他、師匠が繰り返す自分が悪人というエピソードのもうひとつのもの、お嬢さんの歯を抜きにいくときに、悪くない歯を三本も抜かせて、電車の中では立っているように命じたという「使い回し」。最初手紙で聞いたときお嬢さんは「父は悲しかったのだと思います」と。しかし昨年あった時聞いてみると、父の処置は正しかったのだと。当時は医者が遠く、三本の悪くない歯を抜いてしまうことは、実は必要だったと。しかも、彼女は医師として断言しているのだ。「お父様をうらんではいないのですね」、「あらっ、いいえ、いいえ」まったくそんな事はなかったのだそうだ。というか、席をゆずってくれる女性がいるのに、自分の娘を怒って立たせておくとしても、小説の中で、彼はその娘の手をつないでいるのである。「娘の手を引いて」、と。

こうして、妻に、娘に対して、せいいっぱい悪い自分であろうとする彼。そんな彼がある日空想の中で「でたらめ」をする事を考えた。そして、……。

15　『空気頭』の一行空きについて引用する

　今日は妻の死んだときのことを楽しく空想した。

『空気頭』とは何か？　戦争の異常心理を引き受けて書かれた、妻の死の予感に戦《おのの》く男の抵抗の物語、生の欲望を欲望して、別人になろうとした、まじめな夫の悲しみを描いたものではないのか。例の一行空きは、けして強調のためではない。引用する。

やがて私も死んで、妻の墓へ入って行くときの光景を楽しく空想した。

要するに死後も、一緒にいたいというだけの話なのである。

家族に冷たい、弱い妻子にひどい態度を取ったと彼は告白するけれど。その他にも母親と結核の妹を疎《うと》ましいと思い、優しい言葉をかけない、等何度も出て来るけれど、……しかしある年表を見ると結局師匠は彼女らのために家を建ててあげている。そうすると彼は弱者に対して物質を与えた上で侮辱、軽蔑しているのか。違う！　そんな事はない、引用する、当然「雛祭り」である。——倹約家で上昇志向の父はいもうとに人形を買ってくれない。「可愛い女の子の人形はなかった」、黄色くて顔が線描きの男の人形しか妹は持っていない。学芸会で他の同級生と「わたしの人形はよい人形」の唱歌を歌うとき、妹はその黄色い人形を仕方なく抱いて歌い、結局、笑われて泣いて帰る。師匠はそのことをよく覚えていた。「そんなこともあったかなー」などとは言わない。

人形を所有する事がどんなものなのか、彼は男性でも理解している（三面鏡についても）。だけではない、この妹の傷は、師匠が父親から与えられた傷と同じものだ。見栄も外聞もない節約生活の、幼い心に与えてしまう傷。

私小説における自我の調節の技術として、主人公の欲望や心境を彼はしばしば意図的に自分と違うものにして、冷たく悪い存在として書いてしまっている。それは確かに瀧井さんに褒められるような従来のすぐれた私小説であって、例えば人間の内面に性欲という動機を与えたり、我の強さで本人の行いを理由付けたりすれば、説得力はある。そうやって、彼は一族や戦争を書く事には成功している。むろん、それ故に実は本当の自分を描く事に長い間困っていたのである。私小説の「おれ」、が僕でない不満……。

とはいえ、真実の自分を描こうが描くまいが、彼は次々と傑作を書いている。しかし本当を言うと、師匠は本質的におとなしくて優しいのだ、ただそこを指摘されると、ことに『空気頭』の最後のように立派な人格者だと言われたら、ずーっと気にするのだ。というか普通、文学をやっている人間が立派な人格者とか言われたら怒るに決まっている。しかし師匠はまたけしてそんな俗流の立派さは持っていない。優しさ故に激痛を受けた心で戦争を生き延び、時代の暗黒を見た。技術を尽くして暗黒に同調して書こうとしたのである。

だったらば師匠がいつも暗く考えるものは、それはそこまで人生の全体に影を落とす罪悪感なのか？　というか、もしあるならそれはいわば生存競争に勝ったという罪だけだろう。しかもそれは動物として、本能のレベルで持たなくてはならないもの、悪とは言えないものだ。

例えば、結核で兄弟が亡くなる中生き延びた事、医者になっていたから戦争中も役に立つというのである意味有利に、生き延びた事、戦争中も餓死するような人よりは有利だった事、そういう事までをおそらく彼はすべて責める。しかしその一方彼は、一旦それらを放置し、医者的自我を駆使した小説で、戦争の恐怖をとことん抉《えぐ》り出した。無論医者としての「エゴや冷たさ」をたっぷり書けるので、私的な「悪人ぶり」などはそんなにいちいち書かなくてよくなるのである。

まあどっちにしろ自分に厳しいのが度を越している、ここに私は彼独特の全能感を見る事がある。ことに妻に対する全能感、これは大切な人を治せないが故に、むしろ医者としての距離を置いてしまったものか。「あなたはどんな時でも御自分が正しいと思っていらっしゃる」、「他人のような冷たい眼つきをして見る」完全無神論者の夫人の病が、不治、予後不良、それに対してもあくまで医者的なきちんとした対応をしようとする彼。しかし夫人は病弱でも強い人だ。

「硝酸銀」において師匠の父親は二十二歳の時、比較的余裕のある家から十五歳の少女を娶《めと》っている。芸者を嫌い、いろいろ変人でもある師匠の父は幼い妻に対してこのように書く。「おろかなる女なりと謂へどもいまだ幼きものなれば之を導き之を教ふるは夫たるものの務めにこそあれ」

しかし、師匠の妻はそういう少女とは全く違うものだ。そもそも、「路」の冒頭から。

妻は起き上って話をしていた。突然話をやめ、静かな声で「そこの、それをとって下さい」と云った。私はしかし何か切迫した空気を感じて、あわててそこにあった新聞紙を渡した。すると妻はその上に桃色の血を一面に吐いた。

妻が満員電車の中で弱って参っているというのも本当だろうがその一面、こういう冷静で強い人間が、看病されながら、ヒステリーもぶつける、ならば電車の中の不満顔もはっきりと夫を攻撃しているのかもしれないではないか。

むろん、師匠は生きにくい。しかし彼が暗黒と感じるものは実は、彼にとってどんなに辛くとも、それは、別のものだ。師匠のつらさ、それは個人レベルならば父ちゃんがやはりちょっと上昇志向すぎて、相当に偏った教育をしたからだろう。引用する、これが師匠の素顔と私が思うもの。元日の朝の記憶。母が丸髷に結って彼に着物をきせてくれる。母のねり油の匂い。良い着物を着せられることを楽しむ、小さい男の子。

ごわごわした木綿のシャツと股引きとが、寒さで鳥肌立てた彼の皮膚を快くこすった。手首のところは小さな貝ボタン、足首は紐で締めるのである。それからナフタリンの香のまつわりついた滑らかな襦袢と、光ったような縞の着物（以下略）

第一次世界大戦がはじまって日本を好景気の波が覆うと、（中略）このころから章は或る程度の余裕を持った家庭の小学生として、（中略）成長することができるようになっ

た（以下略）

ある時期少しだけ豊かだったのだ、戦争のせいで。戦争はひどいけど時に、そういう一面もある（しかし結局は下の者ほどその被害を受ける）。この優しい時間、典型的な温かい幼時の記憶は森茉莉的でさえある。

その上で「硝酸銀」にある、中学の学費は高かったのである。でも、そこまでしなければつまり男の子三人を医者にするという父ちゃんの挑戦がなかったとしたら、暮らしはもう少し楽だったのかもしれない。さらに成蹊学園におけるスパルタ教育、……。

エリートの文化資産のある、甘やかされた子弟が、スパルタ教育を受けるのなら意味のある事だ。しかしもともと貧乏で、それがお坊ちゃんの中に放り込まれてしまうのだから師匠は理解されぬばかりか、傷だらけになる。というか靴ひとつ買うのでも、父親は平気で靴屋に古靴はないかと注文するのである。すると師匠は自分の父に対してでも、そこで、仰天してしまう。

豊かだった一時期が彼のそんな優しさを形成してしまったのだ。古い靴は同級生のお坊ちゃまに馬鹿にされる。さらに、お金がない。万引きと言うのも、購買の箱にお金を入れないという方法であって、素早くかすめ取るとかそんな感じではない。見つかって馬鹿にされ、父はダキニ天の呪法をかれに課する。しかし彼は他人のものを取らなくなったけれど、小遣いをくれる兄のお金をもくすねてしまう。親戚同士の甘え。というか彼は上には「強い」。友人と下はかばうけれど。

彼は優しい、というよりかなんとなくゆるい、自分をかわいがってくれる先生からお金を借りようとして、借用書を書かされる。するとそれだけでショックなのだ。私は昔五年だけ先生をした時に、ある学生に二万円貸してもう四年になる。が、何も返ってこない。それでも学生は平気で連絡してくる。ところがプロの先生はとりあえずお金を貸さないし借用書を取るというのは本来当然だ。なのに彼は傷つく、おそらく自分は無欲で人を許していて、他人の厳しいところも判らないのである。医大の時代も、おでん屋に白鷹の四斗樽を仲間と預けておいて、そんなお金はあるのに家賃を払わない。気の優しいゆるい、困った文学青年。しかし、これなのである。これこそ、激烈でカッとする気性の隣にある性格、表裏一体に存すべきわがままとやさしさ。おそらく志賀さんと師匠の根っこにあるもの。

そして、志賀さんのような本当に金持ちの子供ならば遭遇しなくて済む、同時にもっと貧乏な家の例えば中野のような子供なら感じなくて済む中間的な苦しみを師匠は受けた。もしも師匠が志賀さんと同じように育っていたとしたら、「金はそこにあり、そこにあることにたいして持ち主が純粋に意識を動かさぬのだ」と中野から批判されるような暮らしをしていたら、彼は、これらの罪を犯す代わりにただ癇癪を起こして気分を書き、同時に戦後の政治や天皇制に判りやすい影響を与えるような、近代的自我の師匠になったかもしれなかった。いや、でも師匠の根本にはその他にもやはり志賀さんとは違う、女性にはにかむ、僕の優しさがあるのである。というか師匠はお母様を失っていない。

師匠の母上は若すぎる結婚でなにもかも姑に習うしかなく、紙帳などの貧乏グッズは嫁いで初めて知った。夫は妻への土産に「美しい石」ころを拾ってきた、……彼女は子供を沢山生んだけど次々と結核でなくしている。避妊は？　薬種問屋であってもなんであっても時代的に無理だったのか。今だってそうだ。一時経済が上向いても女性の権利がなければ国は結局滅ぶ。

母親から伝えられた繊細な優しさを持ち、父親の根本的な肯定に守られ、その上で彼は結核、貧乏、戦争、拷問、軍隊、に対峙したのである。その結果時代の、天皇の、残酷さの全てに、触れたが染まらなかった。しかし、残酷でなければこそ悪に染まらない師匠の体には、時代の悪を悪と認識するための深い傷が残った。さらに彼は無事に生き残ったというだけなのに、感じなくてもいい罪悪感を感じた。

父親の目的追求性と合理主義とは彼を傷付けた。同時にまた家族愛と土俗が彼を呑み込もうとした。結局彼は早くに家を出ている。

墓の下の家族は少し「春の水」の池のイモリに似ている。しかしその池はまた彼を呑み込んでしまう家族の魂の池でもある。「一家団欒」で魂になってこの墓に入るとき、彼はやっぱり泳いでいくのである。水辺の生物、しかも肉体の傷も墓の下に持っていく、心身不可分。

時々女嫌いを作りこむ彼、しかしどんな時も、女性を追っていって苛《いじ》めるということを絶対にしない。攻撃もしない。ただ彼に触れる女性はその傷に触れる。それはまさに硝酸銀の激痛である。彼は悲鳴を上げる。にもかかわらず夫人は、彼を所有してくれた、はずなのである。ところが、……家の新築にさえも、自分の「刑務所」を立てようと思ってしまう彼。

それは激烈という設定になっている師匠の小説や随筆に、一応出てくるけど目立たない一面。本当を言うと、彼はカッとする時にも優しすぎる。つまり優しさ故についた傷は深く、その深さが彼の激烈さを生む。女の子は彼を好いたはずだ。それが悲しく、恥ずかしくて、彼はカラスのような黒さと迫力を身につける。上官をなぐる。

こうして、自分の中の闇を巨大なものであると誤解してしまった彼、自分はマイトレーヤではなく、マハーカーラだと。だけどそれは戦争が彼に見せた社会の暗黒なのだ。戦争が形成した私小説の自我。

妻の体に使われる腐食性の硝酸銀、それがまた自分の体の中のマハーカーラを溶かしてくれるのではないか、自分はその激痛に耐えるべきだと、彼は考える（題名の由来かも）。過剰で暗く罪深い自分を、師匠は想定する。しかしそれは違う。とはいえ、このもうひとりの自分を誤って計測し、追求した事で、師匠は瀧井さんに褒められるような小説を書けた。が、『空気頭』から、おそらく彼は自分が自分らしくあるためには「でたらめ」の中にいるほうがいいと気づいたのだ。という、この『空気頭』の作中において、……。

妻の死の空想の一行空け、これは何を意味するか。むろん、強調ではない。これは「でたらめ」の世界に入るための行空けである。特に強調の為のものではないのだと思う。つまりここからは次第に世界が変わるのだ。自分でゾンデを持って部分麻酔だけで、脳をいじってゆく場面が始まる前、夫婦は二世という言葉が何度もある。そこからいきなり、大木を見に行く、この外の樹は師匠においてしばしば威厳のある大きい存在である。むろん中には榧《かや》の樹のように品のないもの、狒々爺《ひひじじい》と言われてしまう大木もある。しかし全体に大木を見ることは師匠にとって、大木という神に祈る事だ。自然に対して難問を委《ゆだ》ねるという意味あいがある。教会に行くように大木を見に行く（逆に庭の樹はパートナー的で優美である事が多く、芳香や、葉の揺れ、花の散り方、水との調和などによって価値を決められる）。

つまり、本当に夫婦は二世、なのか。だっていくらそう言ったところで妻は無神論者、さらに自分もそうなのだから、現実の世界に救いはない。そこでこのあとから異世界探訪とも言うべきモードに変わるしかない。すると人間性がゆるんでくる。まず小さいかわいい男の子が遊んでいるのをふと脅しつけてやろうと考える「悪魔的な」彼、しかしそれは結局官憲にすりこまれた拷問の記憶が、ふと浮かんできたものにすぎないのだ。結局は妻を失う彼の心に、こうして戦争の悪がなだれ込んでくる、そして戦後の無軌道や、金汁による異様な性欲の獲得、やがて上半盲に至る。でも、結局はそれで色欲を解脱するしかないと彼は思うのだ。脳に空気を入れる空気頭によって、ペイーッ。

こうして技術全開となり、のりうつりも絶頂に……。

しかし、この解釈平野と私ではまったく違っている。平野は不倫もやむなしだから二部があるという考え方である（真面目なはずなのに）。一方、私はただ師匠が「ああ不倫して後添えも求められる俺ならどんなに楽だろう」と思ってやってみただけだろうと思っている。そこにたまたま戦争の傷が流れ込んだものだと。だからこそ解脱あるのみなのだと。

しかし人々は私小説家の性欲が強いと信じたいものだ。性欲はリアリティ、ところが

『空気頭』において、その性欲が明らかに偽の荒唐無稽なものとして現れている。

　上半盲というのは本当にある病気で視神経交叉部が腫瘍などで圧迫されて起こる。このような症状には両目の左半分が見えなくなるものもある。なおかつ検索しても脳腫瘍で性欲が弱くなったという例しか出てこない。そうですどの「私小説」もフィクションです。この御夫婦は無神論者、生まれ変わりをしない。死後も会いたいけど会えない、じゃあ夫は解脱するから、でもその前にやはり色欲について考えないとダメだ。それに戦争で生き残ってしまった僕は、自分をやっつけねばがまんならない。結局はそんな事ではないのだろうか。

　なお！　師匠は「空気頭」と書いて、気脳（病名）とは書いてない。気脳は多くは外傷で起こり、病状もつくりこめるような単純なものではない。脳に空気が入っているのは、異常な状態だ。

16　妻の遺骨、『悲しいだけ』、「庭の生きもの」、「雛祭り」

彼が、眼科を選んだ理由？　それは患者の死に直面する事が少ないからだった。師匠を所有して彼女の病院の維持をさせた女の志賀さん。なのに結局その一番大切なものの死を彼は見取った。妻は師匠より九歳も若いのに死んでしまった。医者の跡取り娘はすさまじい治療に耐え、まさに闘病した。死因は結核ではなく、ガン性の腹膜炎だった。

師匠は妻を所有している師匠に、なりたかった？　むろん二人の写真を見ると推定銀座製の和服を着た師匠は、奥さんのちょっと文句たれそうに眉を寄せたちんまりした顔しか出ない状態にして、全身で、彼女の体をかばい、胸を張り顎をあげ、しかも微笑みつつ、大切な人を守っている。若いころから人を恐れさせた強い眼光を放ち、夫人の盾となる。だけどそれはけして家父長の図ではないのだ。彼は、家夫長。

養子に来るはずだったはにかみ屋の名医は妻の遺骨を妻の遺言に基づいてきちんと扱っ

た。そして小指の先程の、埋めてくれと言われて埋められなかった骨を、自分の骨壺に入れた。「あなたのお墓に入りたくない」と謂われ、師匠はその小さい骨だけを自分の骨壺に入れたのだろうか。

私はその遺体を数日まえから隣りの部屋に飾りつけられていた桃の節句の雛壇の下に運んで寝かせ、家のもの以外には誰にも通知せず、まわりをできるだけ沢山の花で埋め、線香のかわりに妻の残した香水をふり撒いて通夜をした。（中略）持ち帰られた骨は（以下略）

そうして妻の遺言どおり、ふた月たった四月二十六日に、別に新しく買ってきた小型のやさしい壺に入れ替えて庭の隅に埋めた。

よく闘った夫人、しかし最後、苦しい治療を彼は医師として止める。いて欲しいはずなのに、辛いに違いないのに。

夫人を失った師匠は距離を置いていた自分の身内にすがる。

後継者の私が娘二人を他家へやって家を絶やしてしまった

結婚の時期から既に彼の兄である勝見家長男の存在は危うかった。しかし彼は自分の姓を変えなくとも夫人の家を選び、実質、女系を引き受けた、その後長女は自分の姓に、次女を医院の姓に、そして長女は結局、結婚のときに姓を変えたので、彼の方の墓は彼で絶えた。しかしこれで夫人の、女系の方は実質、無事続くのだ。つまり墓に入らないという夫人の言葉は「他者」のものではあるけれど、女家長としての、当然の主張でもある（むろん二人とも無神論者なのだけれど最後はなぜか、墓が墓が、となってしまう）。師匠はこれらすべてを自分の責任決定として引き受けている。

その後の師匠は、「庭の生きものたち」でお嬢さんと一緒に仏像を鑑賞し、枯れた重源坐像に共感したあと、彼女には僧形八幡像の、生々しい美男ぶりを見せたくないと、一瞬思ってしまうような「教育パパ」に戻る、さらに（もし見せたとしたらそんな）我が子の「当惑」が「教育にはなるかもしれない」などと教育は続く。しかし彼女は既に立派なおとなである。医者になり結婚して医院を継いでいる。というか跡を取っている。師匠だって頼もしくも「食わせてもらって」いる。それでもたかが「美男」を見せるのが心配なほど大切な娘の教育。「私は小説を書くのにむいていないって」とお嬢さんは言った。

森茉莉は鷗外から見た自分を「卵のお茉莉」と表現した。師匠もお子さんたちを守るべき卵と感じていたのか。とはいえ、茉莉は卵に出産の苦しみを見たりはしない。自分は二人も出産しているのに。一方、師匠は出産しているわけでもないのに、蛇の産みの苦しみさえ時には揶揄的にしても、何度でも想像した。むろん師匠の場合、雉鳩と蛇なら鳥の味方だけど、……、結局は海亀、雉鳩、蛇、すべての母に対してなんらかの感情移入をしてしまった、師匠。

例の、「合掌」の葉書が書かれた時期、東京のホテルオークラでお嬢さんの結婚式があった。夫人は一時退院で出席できた。慶応の医学部を卒業して医院の跡取りになる長女の、花婿が決まった。夫の方へと姓は変えたけれど相手も師匠同様に優秀な医者であり、彼は家夫長の後継者だ。師匠は、ほっとしただろうがおそらくは少し、寂しくもあっただろう。

さらに、夫人の出席は嬉しくとも予後は不良でしかない。激痛の硝酸銀療法、入退院五回、肋骨五本切除……。

「妻の死が悲しいだけ」という感覚が塊となって、物質のように実際に存在している。

17　彼の化けた骨董

師匠の最後のエッセイが「群像」にのった時、これは前に読んだ小説と同じなのではないか、とふと思った。匿名批評欄にもそんな事が書かれていた。師匠はお元気なのか、養生されているのか？　お見舞いに行きたくても迷惑らしかった。葉書を出す時に、私はルオーが九歳の頃に描いたという絵の葉書で出してみたり、師匠はボールペン嫌いと聞いていたけれども、筆は無理なので筆ペンで書いてみた。私が今も筆ペンをつかう理由というのは、実はこれなのだ。

デビューから十年、本が出なかった。師匠、私は生きていますよ、と言って京都の下宿で時々泣いていたりした、しかし彼はそのような脳内他者であるばかりではなく、実はいつも後ろにいてくれたのだった。というのも、私がデビューから何年も経ち、完全に忘れられながらもあちこちに汚い字の原稿を持ち込んでいたとき、「ああああの、師匠が、それならこの人の作品は悪いはずはない」と言って、最初の編集者がもう私に送り返そうとしていた作品を、師匠を尊敬する方が読んでくださった。そんな事はよくあった。彼に褒められた事は本が出なくても十年残っていた。でも本が出た時も会えないままだった。彼が亡くなってすぐ、私は三島賞と芥川賞を続けて受けた。芥川賞の授賞式で「あんな師匠なんか認めてはダメよ」と(例の、)偉い女性作家が人の見ている前で私に大声で云った。つまりは私小説を嫌っていた。しかし彼女が生きている間に私は難病と判明し、その体験を描いた私小説で、彼女が絶対私に取らせたくないと思っていたはずの野間賞を受けた。すると野間賞のお祝いに私は最初の日に見た、師匠の漢詩の色紙を、元編集長のHさんから貰うことができた。自分は白樺派かもしれないとその時に思った。

師匠はよい病院でお嬢さんと下のお嬢さんからよく見舞われて、とても長生き出来た。「でもあたしより妹の方がもっともっといつも、会いに行って」、……。

ある四月、師匠は二日前に調子を崩して危なくなっていた。一晩看病したお嬢さんがまた会いに行って、車椅子を押して海を見たそうだ。それは晴天の、春の優しい海。

ふいに、快い風が吹いてきたのだった。お嬢さんは真っ白の船を海に見つけて、師匠に教えた。客船らしい、立派な大きな船。「曽宮一念さんのあの絵のような」。

すると、師匠はもう、その船に乗っていた(死後、山に行くと昔は言っていたのだけど)。

師匠の夢を私は今でも見る。やはり曽宮一念さんの描いたような真っ白の船の中にいたり、小川さんのあげた宿場徳利の中に、五十六億七千万年もこっそりと隠れていたり（その夢を見てやっと私は彼の主人公が、海上がりの徳利を買わなかったわけが判ったのだ）その他にも、「いや、僕は」と言って窯跡に立っていたり、……。

たった一度しか会っていないのに。それでも、猫嫌いの師匠が私に猫達を実はくれたのだと最近ではしきりに思うのである。つまり何の利害もない弱いもののために、号泣する事を彼は教えてくれたから。

「死んでも消えない」

と彼は呟いた。

「オム　マ　ニバトメ　ホム　ペイーッ」。

会いに行った——資料

会いに行った——藤枝静男

四月十六日の夕刻頃、人に会って帰ると家から電話が入って訃報に接した。予測し得る事態だったが胃が痛んだ。「小川国夫全集」の月報を頼まれたせいもあって、一度藤枝市というところに行ってみようかなどと、考え始めていた矢先だったのが、何かの符合に思えて仕方がなかった。葬儀の日取りを知り、お別れに行くというより最後に会いに行くのだなあと辛い思いがあった。が、一旦は私など行っていいものかどうか少し迷い、結局、他にはもう一切機会はないのだから構わないのだと開き直った。実際にお会いしたのは十二年前のただ一度だった。それなのに十二年間なぜか意識し続けていた。藤枝さんのような樹の描写は、私が六十歳になっても絶対出来ないと思い始めていた。十二年前の記憶が蘇った。

一九八一年の五月半ば、新人賞の授賞式のために上京して、少し早く着き過ぎた新橋第一ホテルのロビーで初めてお目に掛かった。拙《つたな》い作品を強く推してくださったというその人について、それまで文学というものにまったく無知だった私は何も知らなかった。選評の文章と共に載っていた小さい写真と、その日文庫本で買って読む暇もなかった『凶徒津田三蔵』だけが手掛りであった。ただ何度か会った「群像」の人々の話振りから、藤枝さんという人が周囲の人々から非常に敬愛されているのだとは見当が付いた。何の根拠もないまま、志賀直哉のような人なのだろうかとぼんやりと想像した。藤枝さんも随分早く着かれたらしくて、ほんの少しだけの時間だったがロビーにふたりだけになった。そんなに背の高くない、華奢《きやしや》なくせに強靭ななにかを秘めた紳士だった。深い紺の背広に同色のとても細いネクタイを締めておられた。両鬢《りようびん》の白髪が激しい風に遭った時のように膨らんでいた。二言三言話して、私のようないい加減な人間は撥ねかえされてしまうという印象を持った。するとこちらの気後れを察したように、いろいろ厳しい事も言っておいたが、まだ若いのだから欠点は仕方がない、と少し当惑したような優しい声でおっしゃられた。私ごが、その時のこちらの受け答えが軽薄だったため、少し呆れたような顔をなさった。その時は強靭ときが喋れる人ではないと感得した。やがて藤枝さんの周囲に人が集まり、その時は強靭ななにかは一旦消え、作家のHさんが奥様に先立たれた事を気遣っておられた。葬儀の時に一緒だった評論家のHさんの未亡人の話も出て、その時に家族への思いが深い方なのだなと感じた。藤枝さんは三枚の色紙を風呂敷から出された。藤枝さんの字は遠くから近眼で見ただけだったが丸みがあり、命を持った小石のような字体だった。一枚は私のです、と編集者のHさんが幸福そうに言った。

家に帰ってから作品を読んだ。初めて読む極北の文章であった。一度知ってしまうと考えや歩き方までそこから逃れられなくなる感じだった。なぜ今まで読んだ事もなかったのだろうと本当に不思議だった。しばらくして私の知らない人から葉書が来て、受賞作に藤枝静男の影響を感ずるとあった。『田紳有楽』を読んだ。その時にも凄いという事しか判らなかった。それまでの私は、古典と社会科学の本、ドキュメンタリーやSFしか読んでなかった。イメージの密度の高さに圧倒され、また自然な文章の中で爆笑出来た事も不思議だった。私小説の厳しい文章が、同じテンションですっと幻想に移行していた。何も知らないままに恐ろしい人に会って来たのだと一層茫然とした。

その年の冬頃から、私は発表出来るものが書けなくなってしまった。三年程してまた発表を始めたが、藤枝さんにお目に掛かる機会はまったくなかった。十年を経てやっと出た本をお送り出来た時には既に入院生活に入っておられた。お見舞いに伺いたいと思ってある人に相談をしたが、近しい人々もさし控えているというので断念するしかなかった。

葬儀の日、藤枝市に着くと、晴天の日で葉桜が枝を揺らすかなりの強風であった。本堂の障子に樹の影が映り、障子は読経の最中に大きく倒れた。幼い子が声を上げて泣き、六人の僧が大悲心陀羅尼を唱えた。自分の悲しみのためにここに来ていてお別れをしながら、また何かを教えて貰っていた。田紳有楽の世界を伝えられているような感じがした。が、その一方ただ一度しか会えなかった事と会った故にここに来た事とを改めて意識して泣いてしまった。少し当惑したような優しい話し方が蘇って来た。藤枝さんの小学校の同級生だという人物の、勝見くんは奥さんによかったんだ、五年前にグランドホテルで遇ったきりだ、と言う声が聞こえた。あまりにも悲しかった。が葬儀が終わってしまうとなにも感じなくなってしまい、大通りで公衆電話を見つけてタクシーで藤枝の駅まで帰った。

私のようなものでさえ文章の場所を歩いているさ中、その日が何日か朝何を食べたか、自分の性別さえ失念してしまう瞬間がある。恐ろしい世界を強靭な精神で切り開いて行かれたのだと思う。そして田紳有楽の世界へ飛んで行かれた。

——「群像」一九九三年七月号

二十六年前会った「神様」

二十六年前、群像新人賞贈呈式があるホテルのロビーで、彼に会った。昔風の紺の背広、同色のうんと細いネクタイ。真っ白な髪と前屈みの姿勢。座っている現代的なロビーの椅子が、なぜか壁をくり抜いたもののように見えた。

気後れする私に、「まだ若いんだから」と彼は言った。愚かな若者は軽薄な受け答えをした。彼はほんの少し目を開いた。その時に自分が何を言ったのか覚えていない。すぐ周囲に人が集まってきた。この人は「ここ」の「神様」なのだと判った。「ほかになかったから」と選考結果に、私の傷だらけの作品に彼は触れた。

振り返って思う。あの時にもし先に「田紳有楽」を読んでいたら、私は雷に打たれて死んでしまっただろうと。今生きている。空を裂く稲妻の高笑いに怯えながら、激しく暖かい豪雨の中で。極私からすべてが始まること、私小説の緻密な刷毛で掘り上げた遺跡の、ふいに蘇った御霊《ごりょう》のように、底の割れない「真実」の証拠として、この本はある。

いつかはブラックホールにのみ込まれる大宇宙の片隅。そこに、浜名湖と原発と阿闍梨《あじゃり》ケ池がある。ひとつの家の庭にはユーカリと池。池にはいくつも茶碗が沈めてある。主人公は骨董を収集。安物を買ってきて池の泥、金魚の糞等で汚し、「偽物」を「本物」に仕立てるのだ。家の来客は部屋に来てトイレの水洗に消える。その正体は茶碗。「本物」に化ける前にもう化けている。空を飛び、魚と番《つが》い、昔の自分の持ち主を殺しもする。家の主は少しも驚かない。だって、彼は「弥勒」だから。「妙見」がやって来る。音楽が始まる。鳥葬の世界の、人骨の笛。「オム　マ　ニバトメ　ホム」、「ペィーッ」。――嘘は本当に、本当は嘘に。無責任な相対主義ではなく、脳天気な俗物主義でもなく、厳しく身を責めた私小説の飛翔として、全ては暗闇にのまれ、茶碗は空を飛ぶ。神仏も、天皇もマルクスも彼は信じない。受賞後十年、苦しかった。家族の愛情や、彼に選ばれた事が私を支えた。

「朝日新聞」二〇〇七年二月二五日

【主要参考資料】
『藤枝静男著作集　全六巻』（講談社）
「田紳有楽」藤枝静男　「群像」一九七四年一月号・七月号、一九七五年四月号、一九七六年二月号
「冬の王の歴史」勝又浩　「群像」一九八二年四月号
『志賀直哉・天皇・中野重治』藤枝静男（講談社文芸文庫）
『五勺の酒・萩のもんかきや』中野重治（講談社文芸文庫）
『暗夜行路』志賀直哉（新潮文庫）
『裾野の「虹」が結んだ交誼―曽宮一念、藤枝静男宛書簡』増渕邦夫編、和久田雅之監修（羽衣出版）
『作家の姿勢――藤枝静男対談集』（作品社）
『藤枝静男論――タンタルスの小説』宮内淳子（エディトリアルデザイン研究所）
『中野重治全集　第一九巻』（筑摩書房）
『藤枝静男と私』小川国夫（小沢書店）

作中にあるように御家族のお手紙や録音、「藤枝文学舎を育てる会」元代表のお話、写真、お手紙、青木鐵夫さんの資料を参考にさせていただきました（しかし、御家族の発言中一箇所だけ、完全にそのままではないものがあります）。古い担当編集者の方にも感謝いたします。ありがとうございました。

【初出】
「群像」2019年5月号、7月号、9月号、11月号、12月号

装画❖青木鐵夫「ベンチ」（部分）
表紙はがき❖日本近代文学館蔵
装幀❖ミルキィ・イソベ＋安倍晴美［ステュディオ・パラボリカ］

会《あ》いに行《い》って　静《せい》流《りゅう》藤《ふじ》娘《むすめ》紀《き》行《こう》

二〇二〇年六月一六日　第一刷発行

著者❖笙《しょう》野《の》頼《より》子《こ》

発行者❖渡瀬昌彦
発行所❖株式会社講談社
東京都文京区音羽二-一二-二一
〒一一二-八〇〇一
電話［出版］〇三-五三九五-三五〇四
［販売］〇三-五三九五-五八一七
［業務］〇三-五三九五-三六一五

印刷所❖凸版印刷株式会社
製本所❖株式会社若林製本工場

定価はカバーに表示してあります。
落丁本、乱丁本は購入書店名を明記のうえ、小社業務宛にお送りください。送料小社負担にてお取り替えいたします。なお、この本についてのお問い合わせは、文芸第一出版部宛にお願いいたします。

ISBN978-4-06-519070-8
N.D.C.913 304p 20cm